辛口女

ジョナサン・オーガスティン
Jonathan Augustine

東洋出版

辛口女

本文中に、差別的表現とされる箇所がありますが、これらは扱っている時代・地域・登場人物の視点であり、著者および発行者が意図するものではありません。

辛口女 ● 目次 ●

第一章　進路

一

昭雄はつんつるてんの股引《ももひき》姿で熱燗《あつかん》をよく飲んでいた。鼻毛ぼうぼうで、ちんちくりんな彼は、腹巻きをさせると、まるで天才バカボンのパパのようだった。息子の陽一もそんな父そっくりで、生まれたときから「おっさん」のような顔をしていた。

「仕事はなんでもええけどよ、わしみたいにはなんな」

と彼は口癖のように息子に言っていた。酔っぱらっているときは「わしは父親失格や」と卑下していたが、朝になって酔いがさめると、妻にこっそり将来の夢を語っていたらしい。それは息子を大学に進学させるというごく普通のものだった。バカボンパパなら、バカ田大学をめざして、坊毛茄子《ぼけなす》小学校でアナキズムの根底を学べと言っただろうが、昭雄はそんな脱常識的な大哲学は示さなかった。

十五の冬、とても冷え込みの厳しい晩、陽一はこたつに入って、はじめて父に酒をついでもらったことを今でも覚えている。

「勉強すんにゃったら、世界の名作を読んだらどうや。日本の古典もええけど、もっといろんなものの見方があるやろ。わしは黒澤明の『乱』がほんまに好きでなあ、一度五條の図書館に行って、原作の『リア王』を借りてきたんやけど、ちんぷんかんぷんやったわ。やっぱりよ、歴史が分からんかったら、シェークスピアなんか読んでも、何がええんか分からん」

そのとき陽一はその言葉を重く受け止めなかった。しかし数ヵ月後、昭雄が急に脳卒中で倒れて亡くなると、にわかに脳裏に蘇り不思議な意味合いをおびてきた。

もともと昭雄は先代の跡を継いで林業の道を歩むことになっていた。ところが山を早めに譲ってもらうと、すぐその山を売り払い、家を出て行ってしまった。そしてその金で小さな事業をはじめたのだが、五年後には破綻して、父が亡くなった後十津川村に戻ってきた。村の人々は「放蕩息子が戻ってきた」と白い目で見たが、彼はひたすら腰を低くして、なんとかやっていったらしい。

こうして亡くなる日まで、昭雄は観光客相手にタクシーの運転手をやっていた。息子には、「都会に行ったらよ、絶対標準語でしゃべれ。大阪や京都でもわしらの言葉をつこうとったら見下される。関東人みたいに振る舞え」とよく言っていた。

陽一は大阪人の話し方が、十津川村の方言とさほど変わらないと思っていたので、その忠告を理解することができなかった。しかし後になって、父の事業の失敗が、彼の強い方言や大胆な振舞いとなんらかの関係があったと分かり、彼の言葉が遺言のように心に染み込んだ。それ以来陽一は京都に住むようになってからも、友達の前でさえ油断して方言を使わないようにした。

そして父が亡くなると、陽一は急に将来について真剣に考えるようになった。幸い五條の高等学校に入学することはできたが、三年後にどうすればいいのか少年は不安になることが多かった。卒業後十津川村に残ることも考えたが、林業には将来性がないと分かっていたので、村を出て、なんでもいいから働く覚悟をしていた。母の老後や今後の経済状況を考え、バスの運転手になるため二種免許を取ろうかとも考えた。五條から新宮までは片道五時間以上かかり、運転手を希望するものは少なかったので、これなら母の助けになれると思った。しかし、陽一がバス会社に行って直接尋ねてみたところ、最近は山村の利用者があまりにも少ないので、この路線のバスはなくなると言われてしまった。

息子の悩みを察した母は、「もし大学に行きたいんやったら、心配せんでええよ」とはっきり言った。それは亡き父が、陽一が生まれたときからずっと彼の将来のために、こつこつと貯めてくれていたからだった。でも中学を出たばかりの少年に、大学に行きたいかどうかは決められない。仮に「大学に行きたい」と言っても、いったいどの学科に進学すればいいか見当もつかなかった。

それでも父が生きていたら、きっと進学してほしいと願っただろうと陽一は思った。実際、彼には大学の教育が自分の将来にどのように役に立つかは分からなかったが、歴史の成績には自信があり、一度は京の都に住んでみたいという気持ちもあった。「ほんまにやりたいことがあるんやったら、遠慮せんとき」と母に繰り返し勧められたので、陽一は自分の力量を試してみようと決心した。

それから彼は寝る間も惜しんで、日々受験勉強に打ち込んだ。合格するのに必死だったので、「どうして塾に行かないと解けないような難解な『意地悪問題』が出されるのか」などと考えもしなかった。塾がたくさんあり、情報があふれる都会に比べると、大学受験そのものが田舎者にとっては不利だった。陽一は放課後も学校に残って、問題集の分からないところを先生に教えてもらった。しかし問題を解くのが遅く、テストを時間内に書き終えられないことが多かった。時間をかければ答えはほとんど正解だったので、先生も気の毒そうな顔をすることがしばしばあった。

　数年経ってから陽一がこの時期を振り返ると、受験のプロセスそのものが、自分をひねくれさせ、視野を狭くさせていたことを実感する。もちろん誰もが受験に不満を抱いているが、だからといって、何かをしようとするわけではない。都会の金持ちは、子供を大学付属の私立小学校に行かせ、千五百万円以上もの学費を払って大学受験の苦しみを味わわせないよう、エスカレーター式の推薦入学を狙っている。大学でお世話になった山下理恵先生は、「文部科学省は、受験のあり方を根本的には変えるつもりはない」と口癖のように言っていた。革命家が現れ、腐った教育制度をぶち壊すことは、「バカボンの世界」ではあるかもしれないが、現実では不可能に近い。

　どういうわけか、陽一はそんな受験制度のあり方に何の疑問も抱くことなく、受験勉強に打ち込み、運よく大学に合格することができた。第一希望の大学ではなく、聞いたこともない京都の私立大学だったが、自分の力を出しきったので、後悔はしていなかった。陽一はできれば十津川村から通いたかったが、片道五時間近くかかるので、仕方なく京都に安い下宿を探すことにした。

「家賃と生活費はアルバイトで稼ぐし、心配いらんから」

陽一は出発する前の晩に母に言った。

しかし彼女は珍しく厳しい顔つきで、すっぱり陽一の申し出をはねつけた。

「父ちゃんが勉強に専念できるよう金を貯めたんやから、バイトはせんといて」

二

幸い知り合いが京都で不動産業を営んでいたので、陽一は事前に格安のアパートを確保することができた。大家さんに「二万円弱の部屋がある」と聞いたときは信じられなかったが、実際見に行ってみると、その理由が分かった。少し傾いた古いアパートは、戦後間もなく建てられたらしく、田舎育ちの陽一が見ても、そのひびの入った壁が倒れずに残っているのが不思議なくらいだった。廊下には入居者の植木鉢や野球道具やダンボール箱などが並んでいて、人がすれ違うことがやっとなほど狭かった。

二階を見にいこうとした陽一に、おばあさんと親しそうに話していた青年が明るく挨拶してくれた。この青年との出会いが、「ときわ荘」で部屋を借りるきっかけとなった。京阪沿線から徒歩でそんなに遠くもないのに、どうして家賃がここまで安いのか陽一には不思議であった。どんなにぼろアパートでも、市内ならここより二、三万円は高い。その理由は八条口周辺があまりよい環境とはされていないからだった。京都は不思議な町で、よそから来た者には理解しがたい格差が存在する。アパートの周辺の治安が悪いわけではなかったが、戦後から差別されてきた朝鮮系の住民が多く住んでいる。そして近隣の高校生の制服の乱れには、陽一も気づかずにはいられなかった。

布団や自転車を買ったりアパートを探したりと、陽一が忙しくしているうちに、大学のオリエンテーションがはじまった。最近建て直されたレンガ造りの正門をくぐると、ありとあらゆるサークルのメンバーが一列に並んでいた。「入学おめでとうございます、おめでとうございます」と明るい声で迎えてくれたので、陽一は第一希望の大学ではなかったことなどすっかり忘れてしまった。一瞬立ち止まって、四人の男女がギターを片手にハモっているのを聞いていると、恰幅の良い柔道着の大男やエメラルドグリーンのユニフォームのサッカープレーヤー、そして剣道の面をかぶった女性らしき人物などに囲まれた。

「うちんとこは去年の全国チャンピオンや、部員になったらみっちり教えたるで」とキューを振り回すリーゼント男。

「漫画について語り合いましょう」と不気味に微笑む漫画サークルの部長。

「あのサークルは口先ばかりのだめ男の集団や」と突っ込む野球サークルのキャッチャ

ー。

「うちのサークルは美人が多いわよ」と自己アピールする着物姿の茶道部の女。

断るのが苦手だった陽一は、二十分くらいそれぞれの話を聞いた後、ビラを十枚くらい貰ってキャンパスに入った。校舎内のトイレにも「新歓コンパ」「部員大募集」と太い字で書いてあるチラシがあちこちに貼ってあった。オリエンテーションの期間中、陽一はいろいろな人から「サークルは人間関係のため。バイトは社会勉強するところや」と教わったが、父の昭雄が貧しいながらも大学に行くために残してくれた教育費のことを考えて、サークルには入らないことにした。

授業の開始が桜の開花と重なったが、陽一は見にいかず、まじめに勉強することを決心し、第一日目から図書館に行って何冊かの参考書を借りてきた。最初の数週間で感じたのは、大学では高校と違って、分からないことを誰も説明してはくれないので、何でも自分で調べなければならないことだった。陽一は西洋史や文学をしっかり理解できる自信がまったくなく、とりあえず暇さえあれば図書館へ行き、本棚にある本のタイトルをさっと見て、興味があるものに目を通した。

とにかく毎日自転車で大学に向かうとき、陽一は京都で大学に通えるのが嬉しかった。

近道をして知らない通りを抜けると、昔の面影を残す商店街があったり、町屋ばかりの路地があって、よく寄り道をした。レトロな喫茶店に入るほど金はなかったが、拝観料を取らない知恩寺や真如堂の境内で読書をしたりした。携帯は持たず、知り合いもほとんどできなかったが、陽一は新しい生活を満喫していた。

「ときわ荘」では、毎朝六時ぴったりに癖のあるアクセントで高校の国語の教科書を音読しはじめる隣の留学生の声で陽一は起こされる。まるで学生寮にでも暮らしているような規則正しい生活をするお隣さんに陽一は驚かされたが、実際会ってしゃべってみると、非現実的なほどに高い理想をもった王文峰《ワンウェンファン》という四川出身の若い研究者だということが分かった。陽一の手の届きそうにない国立大学で化学を学んでいる。

ある朝、廊下ですれ違ったときに、陽一は早朝の音読について尋ねてみた。

「大学のころに寮に住んでいて、みんなが朝一に英語の教科書を音読していました。誰の発音が一番いいか競ってたんですが、今は日本語で頑張ってるんです」

丸刈りの文峰は少し恥ずかしそうに説明してくれた。

「あのころはテキストを買うお金がなかったから、友達の本を手で写して使っていました。四川師範大学に通っていたころ、同級生の農家の子は一文無しだったので、黒板の字が見えないときは、私の眼鏡を借りていました。割れた部分がセロハンテープで止めてあったので、はっきり見えなかったんですけど……」

文峰の日本語は信じられないほどうまかった。知らない言葉を陽一が使うと、素早くポケットからノートを取り出して、単語をふりがなつきで書いてくれと頼んでくる。初対面のときでも五回以上話を中断し、陽一はそのたびにさまざまな表現を書かされた。それから文峰は陽一に会うと「本当にありがとうございます。こうやって京都に来て学ぶことができて、あなたのような人にめぐりあえたのは、本当に幸せです」と目を輝かせて言った。

でもそんな文峰の生活は楽ではなかった。一日中実験室にこもって仕事をした後に、夕方からは中華料理店でバイトをしている。それでも必ず毎朝一番に起きて音読した後、アパートの前で体操し、一階の一人暮らしのおばあさんとお茶を片手に話しているのを陽一はたびたび見かけた。

五月になると陽一もようやく大学の生活のリズムがつかめてきた。バイトや部活には参加していなかったものの、人生についてゆっくり考えたり、地元の人と触れ合う機会も増えてきた。十津川村出身の陽一が八条口の周辺にとけ込めたのは、近所に住んでいる人があっさりしていて気兼ねせずに話しかけてきてくれたからだった。

「京都の人は他人行儀で冷たい」と聞いていたけれども、八条口周辺の人はきさくだった。下宿に風呂がなかった彼は、ほぼ毎日銭湯に通っていた。近くの銭湯を利用している人の平均年齢は高かったが、毎日行っているうちに陽一に親しく話しかけてくる老人が増えてきた。銭湯に行く人の中には、「ドカタ」や派手な刺青《いれずみ》をした男、日本国籍を持たない者や、昔から差別をされてきた職業を営む人までが集まっていると聞いたが、裸の付き合いなので、たいして意識はしなかった。むしろそこら辺にいる体裁や社会地位を気にしている人のほうが陽一にはよっぽど話しづらかった。

とにかく「ときわ荘」の周りには一人暮らしの老人が多かった。後になって分かったことだが、このおじいさんやおばあさんは、ずっと八条口に暮らしていたわけではない。毎朝買い物かごを押して肉屋にやってくる腰のまがったおばあさんは、もともと茨城県出身で、夫が亡くなった後、アパートが安いこの辺りに引っ越してきたと陽一は聞いた。まだ元気だったころに出稼ぎ労働者としてこの辺で働いていて、ずっと結婚せずに年をとってしまった老人も少なくない。街中では誰も陽一に話しかけてはこないが、この辺では天気のいい日に、家の外で長椅子に腰掛けている老人がいるので、まるで映画で観た昭和初期にタイムスリップしたようだった。

　陽一はまだ気づいていなかったが、多くの老人が外に行く元気もなく、一人で寝たきり状態になっている。近くに特別養護老人ホームはあったが、部屋数が足りず、身内がいなくて空室を待っている高齢者はどうしようもない。一人暮らしの人は、入院や退院を繰り返して、少しずつ体が弱っていくのだった。

三

　六月になって蒸し暑くなりはじめたころ、陽一は自分の通っている私立大学が三流だということが分かってきた。クラブやサークルはともかく、活気が感じられないというか、大学を運営している人間が、なんらかのかたちで利益ばかりを追求している気がした。一回生は履修科目が多いせいか、先生も学生もいやいや授業に出ているクラスが目立った。

　陽一は西洋史専攻だったが、自分の国の歴史がちゃんと分からなければ、異国の成り立ちなど理解できるはずがないと思っていた。だからこそ陽一は小泉教授の日本史の授業を楽しみにしていた。しかし講義に出てみると、ベートーベンの真似をしたぼさぼさ頭の小泉教授は、きつねのような細目をまともに学生と合わせようとせず、ひたすら講義ノートを読み上げるだけであった。内容はどうも学生のために書かれたものではなく、自分の研究ノートのようなものだった。あのぼろぼろなノートを何年前に買ったか、本人も覚えていないに違いない。

講義のつまらなさは本当に信じがたかった。陽一が授業を受ける前にホームページで小泉教授のことを調べると、業績も多く著書の中には賞をとっているものもあったので、楽しみにしていたのだった。陽一が理解していなかったのは、賞を与えた日本史の学会がもっとも保守的で年功序列的な組織で、常に頭を下げて勢力のある学派を支持しなければ、生き残れないということだった。もちろん学会のトップは大手の出版社にコネをもっており、出版社のほうから執筆を依頼することも珍しくなかった。有名な学者などは、自身がほとんど無知な分野について書いてくれと依頼されるので、著作数は多いが、ずさんな内容が目立つ。

いずれにせよ白髪頭の小泉教授の口調は極めて傲慢で、「自分のような偉いものが、どうしてこんな糟《かす》どもを相手にしなければならないのか?」と思っているのが伝わってくる。そのせいもあって、多くの学生はノートも取らず窓の外を眺めたり、携帯をいじったり、ほかの授業の課題をしたりしている。一番前の列の学生でさえ、いつも数人が平然と寝ている。それでも小泉教授はこの退屈な雰囲気を学生のせいだと思っていた。

その日のテーマは平安中期の荘園の発達についてだった。もちろん小泉教授は「どうして学生にとって、今日のテーマが重要なのか」ということにはまったく触れることなく、話しはじめた。少し工夫すればもっと面白い講義ができるはずなのにと陽一は思った。小泉教授は研究者としては一流だと言われているらしいが、学生の想像力をかきたてることができない地味なスタイルの講義は、するほうにとっても、聞くほうにとっても苦痛だった。「こんなんじゃ日本史は、年代や封建制度の仕組みを暗記するつまらない学問だと思われても仕方がない」と陽一は落胆した。

どちらにしても共通科目の日本史の授業は公家、武家、政治家といったエリート層の生涯や活動ばかりが取り上げられ、なかなか学生の共感が得られない。陽一のように受験で暗記したこと以外に何も知らない学生は、とりあえず平安時代の平民が何を食べ、何を怖れ、どんな夢を抱いていたのかを知りたかった。もちろんそんなことを推測するのは不可能かもしれないが、せめて収穫期の農民の一日がどうだったか教えてくれれば、もっと興味がわくかもしれないと陽一は思った。

「来週がテストだということは知ってるな。今までのノートをちゃんと復習しておきなさい」と小泉教授は低い声で言うと、茶色いブリーフケースを閉じて、さっさと教室を出ていった。教授がいなくなると教室内は急にざわざわしはじめた。ＮＹヤンキーズの帽子を後ろ向きにかぶった学生が、陽一の隣で寝ていた学生を強くゆさぶった。

「おい、拓也、起きろや。来週はテストやぞ」

「テスト、いきなり?」長めの茶髪の男が目をこすって言った。

「先週のノート貸してくれへん?」

「ごめん、おれも先週はバイト行ってて、来れへんかったんや。どうしよ」

ロン毛の男はそう言うと、いきなり陽一のほうを見た。

「悪いけどノート貸してくれへん? すぐ返すし」

「……どうぞ」あまりにも突然だったので、陽一はあっけなくノートを差し出した。そしてなんの遠慮もなく二人はノートを持って教室を出ていき、陽一も一緒にコピー機を探しについていった。何ヵ所かでコピー機を見かけたが、どういうわけか、どこも本を何冊も持った院生が先に並んでいたので、陽一は二人と一緒にキャンパスのすぐ外にあるコンビニまで行って、ノートをコピーし終えるのを待っていた。コピーの枚数から見て、二人はどうやら六週間以上授業に出ていないことが分かった。黒いけだるそうな顔の拓也がコピーをしている間、派手な赤の野球帽をかぶった剛は、外で缶コーヒーを飲んでいた。

陽一が店の外に出ると、

「助かるわ」と剛が声をかけた。

「いいですよ」

「実家は関東なん？」

「そうじゃないですけど、十津川村って知ってますか？」

アヒルのような唇の剛が首を振った。

「奈良県の田舎です」と陽一が言ったが、剛は無表情にコーヒーを飲み干し、急に何かを思い出したように振り向いて、後ろの自動販売機に歩みよった。そして無造作に右ポケットから携帯を出して、センサーのところにピッとあてて、クレジットでタバコを買った。

剛は何も言わずにケースをあけて、タバコを陽一に差し出した。

「結構です」

陽一が首を振ると、剛はパステルカラーのライターでタバコに火をつけてゆっくりふかした。

しばらくすると色黒の拓也が何十枚かのプリントを持って出てきた。

「悪かったな。飯でもおごらしてくれ」

「いいですよ別に」

「遠慮すんなや。今日は助かったし、おごらしてくれ」と誘われたので、一緒に学食に行くことになった。今までほとんど接したことのないタイプだったせいか、陽一はあらたまって標準語になってしまう。学食に入り拓也が日替わり定食を三つ注文すると、まともに会話もせず漫画を読みはじめた。しようがないから陽一も棚にあった週刊誌を何冊か取り出して、パラパラめくりはじめた。少しこげたカツ丼が出てくると剛の携帯が鳴った。

「おう、おれや……今昼たべてんにゃ。ほんで今日は何人くるん？……おう、おう、分かった。八時やな。ほな」

「またけ？」拓也が目にかかった長い髪をかき上げて言った。

「今日はたいしたことないって。たった三人やし……」

「またしゃべりすぎんなよ。こないだ紀香が言ってたけど、お前は黙っとったらカッコええのに、すぐ調子に乗ってあほな話するから興ざめするんやって」

「まあ、ええやんけ。バイトの子の知り合いやから」

二人は食べ終わるまで合コンの打ち合わせなどをし、陽一の分も合わせて払って去っていった。大阪弁だったが、「ドラマに出てきそうな軽い男が、ほんまにいるんやなあ」と陽一は驚かずにはいられなかった。河原町や木屋町で携帯をいじりながら通り過ぎる女の子をチェックするナンパボーイを見たことはあったが、こんなに身近に接したことはなかった。彼らの自由奔放なライフスタイルに陽一は多少興味はあったが、むなしい肉体関係が相手を傷つけ、しまいには自分もだめになってしまうような気がした。それでもこんな男たちに惹かれる女性が多いことを彼は知らなかった。

四

陽一が部屋を借りている「ときわ荘」の近くには、実にざっくばらんな人が住んでいる。その「ときわ荘」の向かいにも、半世紀前に建てられた今にも崩れ落ちそうなマンションがあり、一人で買い物に行かれないほど脚が弱ったおばあさんやチンピラが同じ屋根の下で暮らしていた。陽一は一度だけ、らせん階段を下りていく若者の姿を見たことがあった。

その本能だけをたよりに生きている若い男は、陽一の部屋の窓から見える部屋を借りていた。名は仲田武といって、両親は生まれたばかりのときに離婚したので、幼いころは父親に育てられたらしい。しかし中学生のときに、その父親も見知らぬ女性とどこかへ行ってしまったので、仲田はそれ以来一人で暮らしてきた。ホストをしているわけではなかったが、女をひっかけること以外にとりえのない男だった。どこにでもいそうな茶髪のサーファーボーイで、気だるく反抗的な目はミステリアスな雰囲気を醸し出していた。そこが女性の心を惹きつけるのだろうか。

ある十一月の肌寒い晩に仲田は若い女性とさかりのついた猫のように抱き合っていた。お互い過去に何人と付き合ってきたかなどは気にしていない。仲田は恋のギャンブルに慣れていて、自信に満ちあふれていた。そのオーラに魅了された女は、完全に彼に身を任せていた。仲田の自分勝手さも女にはかえって強さに思えるのだった。

しかし二人が愛し合っている間、隣の部屋ではとんでもないことが起きていた。隣には、小川千鶴子という、よくアパートの周りをうろうろしているおばあさんが住んでいた。そのおばあさんの姿がここ一週間ほど見られなかったので、管理人は心配になって、その晩訪ねてみた。何回かドアを強くノックしても返事がない。銭湯にでも行ったのかと思い、窓のすきまから中を覗いてみると、耐え難い臭気に襲われた。悪い予感がしたので、予備の鍵を使ってドアを開けるとおばあさんが畳の上で仰向きになっていた。ハンカチで鼻を覆わないといられないくらいきつい臭いが部屋にこもっていた。管理人は動揺して何をしていいか分からなかったが、とりあえず、すぐ119番に電話した。

いまさら人口呼吸をしてもしようがない。管理人はどうすることもできず、ハンカチで鼻を覆いながら、ただただおばあさんの冷たくなった白い手を握った。本当にやりきれない思いだった。数日前に彼女を訪ねていれば、病院に連れていくことができたのかもしれない。開いたままの口に、歯が一本も残っていない遺体を見ていると、このおばあさんが若いころ「べっぴんさん」だったとは想像できなかった。しかし六十年前に彼女のシルクの肌に触れ、首筋に口づけするのを夢見た男がどれだけいたことか。高齢出産で生まれた貧しい家の一人娘だった小川千鶴子は、二十代になったころには、年老いた親の面倒をずっと見続けようと決心していた。彼女に心を奪われた男の中には、兵庫県の田舎に住む大地主の坊ちゃんもいたが、彼女は親をおいて地方に行くことができず縁談を断り、この歳まで一人身であった。

管理人が小川千鶴子の部屋であたふたしていると、二人の警官がアパートのさびた階段を上ってきた。各部屋の表札がはっきり記されていなかったので、警官が若いプレイボーイの部屋をノックした。強い音だったので二人の耳に入ったのは間違いなかったが、二人は裸で抱き合ったまま反応しなかった。返事がなかったので、警官はもっと強く扉を叩いたが、それでも誰も出てこないので、ほかの部屋を回りはじめた。

冷たくなった小川千鶴子と二人で部屋に待っていた管理人は、外でがさがさと音がしたので、廊下のつきあたりの部屋から飛び出し、急いで警官に入るよう促した。太ったほうの警官は念のため応急処置を取る準備をしていたが、部屋に入るとおばあさんがだいぶ前に亡くなっていることがすぐに分かった。警官が白い手袋をはめて写真を撮ったり、部屋のあちこちの寸法を測ったりしているうちに、救急車のサイレンがアパートの前で止まる音がした。救急隊は重そうな機械を抱えて部屋にかけ込んできたが、一目おばあさんを見るなり、あばれた様子がなかったので、心臓発作ではなく脳卒中と推測した。

救急車の音で翌日の予習をしていた陽一は驚いて窓の外を見ると、隣のアパートの学生や老人が大勢外に出てきていた。現場を覗き込もうとする者もいたので、太った警官が出てきて一人一人にどの部屋に住んでるのか、最後に小川千鶴子を見かけたのはいつか、彼女と親しそうにしていた人は誰だったか問い詰めはじめた。警官も殺人だと思っていなかったが、マンションの入居者すべてに聞き取り調査をする必要があった。こんなに騒がしかったのにもかかわらず、隣の仲田は出ていかなかった。外で何かが起こっていることに気づいていたかもしれないが、体の限界まで抱き合った後、深い眠りにおちていった。

五

冬の薄ら寒い風が吹きはじめると、いつも鴨川周辺で散歩している老人の姿が急に見えなくなる。橋や線路などの目立たないところで生活しているホームレスが、寒さをしのぐために昼間は地下道に行く。この色のはげたジャンパーを着た鬚《ひげ》がのび放題の男たちを見ると、陽一は父の昭雄と大阪の天王寺動物園に行ったときのことを思い出す。そのときはまだ陽一が七つか八つで、大阪にはめったに出てこなかったせいもあって、梅田や難波《なんば》はまるで別世界のように感じた。不思議なことに陽一はあまり動物園で見たサルやキリンを思い出せないのは、その後で起こったことのせいなのだろう。

街中で物珍しくあちこち見ていると、警察署の前で立っている太い棒を持った警官が陽一の目に映った。十津川のおまわりさんと違って、この警官の目は鋭く、眉毛をしかめているように見えた。陽一は父と一緒だったが、この警官が襲ってくるような気がして、早歩きでその場を去った。今でもあの紺色のユニフォーム姿の大男を思い出すと、恐れと苛立ちの入り混じった衝撃が背中を走る。

夕方になって陽一は天王寺動物園の近くにある「スパワールド」という大きな銭湯に連れていってもらった。唐辛子の入ったインド風呂や花びらが浮いているバリスタイルのお風呂が再現されていて面白かったが、テーマパークの一歩外に出てみると、そこにはすたれた釜ヵ崎の風景があった。すっかり温まった陽一は、父親と線路下の暗い歩道を歩いていると、今まで見たことのない姿の中年男が寝込んでいた。父の袖をひっぱって、

「あのおっちゃん、なんで道で寝てんの？」

と陽一が指をさしたほうには、綿が中からはみ出たジャンパーを着た白髪頭の男が横たわっている。「指さしたらあかん」と父親が小声で言ったのを覚えているが、ビールやジュースの缶が山積みに並べてあったので、陽一は子供心にも興味をそそられた。昭雄は少し離れて地下道に下りてから息子に言った。

「あのおっちゃんは、空き缶を集めてるんや。売ったら一缶五円ぐらいになるんやと」

「でもなんで服があんなにぼろぼろなん？」

「そりゃよ、缶を集めるだけやと金にならんし。食べていくのも大変なんや」

「あのおっちゃんのお父さんやお母さんはもう死んだん?」

「分からん」昭雄は沈んだ声で答えた。「ここはなあ、昔から住むところがない人が集まって野宿する場所なんや。駅があいている時間は地下にもぐって寝ることができるけど。今日みたいに冷え込んだ晩は、ダンボールで寝ても寒さはしのげん」

陽一はしばらく黙り込んで、父が一万円札で切符を買っているのを見つめた。田舎育ちの陽一が驚くのも無理はなかった。十津川村は大きな村だったが、村役場の周辺に住んでいる人はみんな互いに面識があって、収穫の後はただで野菜や米を分けてくれる。陽一の家でも、宿がなくて困っていた旅行客を無料で泊めてあげたことも何度かあった。ビルや家がこんなにあるのに、どうして人が外で寝ないといけないのか、少年には分かるはずもなかった。昭雄はできれば「あいりん地区」がどんな所かもっと詳しく話したかったが、うまく説明する自信がなかったので、「あのおじさんも頑張れば、いつか家が借りれるようになるって」と根拠のないことを言ってしまった。

「うちに呼んであげたら」

「ま、そうやな」

「うちには使ってない部屋もあるし、ご飯だっていつもたくさんあまってるよ」

「そりゃそやけど」

「うちに来たら、元気が出るんちゃう」

昭雄は黙っていた。

あれから十年以上も経っていたが、陽一はときどきあの歩道で横たわっていた中年男のうつろな目を思い出すことがある。今もまだ釜ヵ崎にいるのだろうか？　この十年余りをどうやって生きてきたのだろうか？　そしてあの棒を持った警官。ホームレスが、路頭をさまよう「あいりん地区」で、いったい何を守っているのだろうか？

＊＊＊

ストーブが必要な季節になると、アパートの前で椅子に腰掛けて日向《ひなた》ぼっこをしていた一階のおばあさんの姿も見なくなった。文峰《ウェンファン》は相変わらずまだ暗いうちに起きて、外での体操を日課としている。特に冷え込んだ十二月の朝に、陽一が新聞を取りに外に出ると、ストレッチをしていた文峰が手を振った。陽一が「寒くないですかー？」と叫ぶと、「たまには一緒にしましょう」と呼んでくれたので、陽一は父の形見の赤いジャージをはおって下りていった。そこらのラジオ体操と違って、文峰は驚くほどゆっくり体を伸ばす。陽一が少し真似をしてみると、関節に負担がかかってかなりしんどい。一通りやり終えると文峰が「もう寒くないでしょ」と笑って部屋に誘ってくれた。

「私が大学生のころは、校舎がまったく暖められていなかったので、休憩時間にお湯を飲んだり飛び跳ねたりして暖まりました。本当に寒かったんですよ。先生まで手袋をしながら黒板に文字を書いてました」

陽一は日々文峰を見ていて、彼の生命力がどこから来るのか少しずつ分かってきたように思えたが、まだ素朴な疑問がたくさんあった。

「前から聞きたかったんですけど、なんで日本に来ることにしたんですか？」

「中国は日本と違って誰もが簡単に出国できません。もし政府が自由な出国を許可したら、人口の半分くらいが国を出るんじゃないですか」文峰は苦笑いして言った。

「どうしてですか？」

「競争がとても激しいんです。誰も好きで朝から晩まで、お互いを押しのけて商売したくないでしょ」

「えーっ、日本人よりせっかちなんですか？」

「そういう意味じゃなくて。貧富の差がすごいから、地方から来た出稼ぎ労働者は、死に物狂いで働いても人間扱いされないんです。中国語で『民工《ミンゴン》』と呼ばれる日雇い労働者は一億五千万人もいると言われていて、増える一方だと聞いてます。彼らは地方の家族に仕送りするために、無休で毎日十時間以上建設関係の重労働をしています。日本の大手企業も、中国に来て安い賃金で人を雇っていますが、最低の労働基準は守っていると思いますよ」

少しアクセントに不自然さが残るものの、彼の日本語は信じられないほど流暢《りゅうちょう》だった。

「そんなにひどいんだったら、建設業者を罰することはできないんですか?」

文峰はヤカンに水を入れながら首を振った。

「中国は高度成長期、法律の行き届かないところはたくさんあります。私の祖父も父もなんの技術もない労働者でした。でも五十年代、六十年代は知識人が弾圧された時代でしたから、逆に貧しく学歴を持たない人がなんとかやっていけました。でも今は反対に地方から流れてきた『民工』が建設現場で寝泊りし、半年も給料を支払われないこともあると聞きます……彼らが汗水たらして大都会を作り上げているのに、月収はわずか日本円で一万五千から二万円くらいだと新聞で読みました」

「まるで産業革命の時代の話みたいですね」

「他人事《ひとごと》じゃないですよ。私だって企業で生かせられる技術を身につけてないかぎり、地方からの労働者と同じ扱いを受け、機械の部品のように利用されてしまいます。だからこそ私も、日本で大学院に行くと決まったときは、企業と連携している、注目度が高いプロジェクトをもった研究室に入るように努力しました」

「じゃ、今の研究環境に満足しているんですね」

「大変ですけど、満足してますよ。研究室の人たちは、みんなとても謙虚で、私も見習わないといけないところが山ほどあります。日本語をもっと上達させて帰国できたら、社会に役立つ仕事ができるかもしれません」

文峰は少し堅苦しい日本語でいろいろな話をしてくれて、中国で多くの人が毎朝食べる芋粥をごちそうしてくれた。陽一はもっとゆっくりしたかったが、九時から授業があるので、お礼を言って大学へ向かった。

色あせたマフラーで冷たい空気をしのぎつつ、自転車をこぎながら、彼の育った厳しい環境のことを考えると、もっと危機感をもたなければならないと陽一は思った。日本の経済システムは中国とは違うが、社会に通用するスキルをもたない人の居場所がないことは同じである。理系の文峰でさえあれだけ焦っているのだから、自分のように西洋史を専攻している学生などは、まったく実用性のないことを学んでいるように陽一には思えた。

六

その朝の一限目は英語の授業だった。西洋史を勉強する陽一にとって、とても重要な科目である。担当の森教授は昔ラグビーでもしていたような体格のよい五十代の先生だ。最初は資料も多くパワーポイントを使って講義をするので、陽一は彼がきちんとした先生だと感心していたが、数ヵ月授業を受けていると、要するに教授は一時間半しゃべるのが面倒なので、ＤＶＤを見せたりＣＤを流したりして、時間を潰しているんじゃないかと思いはじめた。

大学にもなれば英語で授業をすればいいのに、森教授はややこしい文法の説明が大好きで、まるで古語の分析でもしているかのように、実用性のない言語学の理論について延々と話す。ときどき日本と欧米の文化を比較するのは陽一にとって興味深かったが、結論はいつも日本の文化のほうが精神性が高く奥深いということだった。陽一は、このインターナショナルとはほど遠い教授に、何度かテキストの分からない箇所について尋ねたが、森教授はいつも目を見ず早口で説明するので、何を言っているかよく分からなかった。

こういう苦い体験が重なるにつれて、陽一は教授を無視して英語を独自で勉強することにした。隣室の文峰は英語が自分よりも大分うまかったので、たまに分からない文章を解読してもらったり練習相手になってもらったりした。

「毎朝早く起きて英語を音読するのが一番だ」と文峰は勧めてくれた。しかし陽一は受験勉強の癖がなかなかとれず、夕食を食べるのも忘れて本を読み続けることがあったので、夜更かしして、目覚ましが鳴っても起きられない。朝食抜きで大学に行くときには、近くのコンビニに寄ってパンを買うことが増えた。レジで働いているおばさんは陽一の母くらいの年齢で、いつも愛想がよかった。陽一はときどき話しかけたくなることもあったが、挨拶だけですませていた。

後期になると、陽一は自分が何をしているのかよく分からなくなった。彼女みたいな人が毎日一生懸命めげずに働いているというのに、自分はもうひとつ勉強に身が入らない。もちろん怠けずに毎日本を読み、英語を勉強し、与えられた課題をこなしてはいたが、何のために役にたたない哲学や心理学の勉強をしているのかが分からなかった。もっと情熱的な先生がいれば、彼の疑問を和らげることができたかもしれないが、彼が大学で出会ってきた教授は教えることよりも研究がすべてだという感じがする。陽一はクラスで一番まじめな学生だったが、その彼でさえ一週間に受けている十科目以上のために予習し、授業内容をしっかり理解するのはほとんど不可能だった。どうしていいか分からなくなったとき、先輩にアドバイスを求めたら、「期末テストの前にちゃんと勉強したら、とりあえず合格はできるし、一般教養が終われば大分ましになる」と教えてくれた。

結局ほとんどの大学生は習ったことを深く理解することよりも、単位を取ることのほうが大切だと考えていることが分かり、陽一は失望した。みんなは大学を「地獄の企業生活がはじまる前の四年間の休憩期間」と見なしている。よく言えば「自分探し」の期間だが、陽一には父が必死で稼いだ六百万円で遊んでいるようにしか思えなかった。

小さいころからテストの点数や偏差値でしか人を評価しない社会は、教育そのものを就職のためのライセンスとしか思っていない。こう考えはじめると、陽一はやる気をなくし、大学に行くのをやめたくなった。でも母に申し訳なく思ったので、「大学は予想していたよりずっと知的で、すばらしい先生にも恵まれている」と手紙に書いておいた。

ほとんどのクラスで陽一は成績がトップだったので、恥じることは何もなかったが、母に直接会えば、本当の気持ちが見破られるんじゃないかと心配だった。そのため彼は年末になっても実家には戻らなかった。あまり認めたくはなかったが、バカボンパパにそっくりな顔をした陽一の気分が勝れないのは、大学の同級生とほとんど交流をしていなかったからだ。携帯を待たず、地味なジーパンをへその上まで引っぱり上げてベルトをしている陽一が、誰とも共通点がないように周囲から思われ、化石扱いされても仕方がない。もっと週刊誌を読んだりサークルにでも入ったりしていれば、ちょっとは世間の話題や流行についていけたかもしれない。しかしテレビも買わずに生活しているだけではどんどん世間から孤立していくばかりである。

たまに買い物のついでに河原町周辺を自転車で通ったときなど、黒のニーハイに超タイトなホットパンツをはいた茶髪の女の子がいると、思わず振り向いてしまう。しかしすぐ側にこのギャルたちに負けないくらいヘアースプレーとジェルで髪をかためた男たちが、ギャルを追跡している。滑稽《こっけい》なことに、この眉毛を剃ってリップをしているアイドル系の男を後ろから見ると女性とほとんど区別がつかない。彼らがいったい何を求めて生きているのか陽一には分からなかったが、携帯やネットで出会った仲間とはしゃいでいるのを見ると、まるで自分とは違う生物のように思えた。

アーバンな空間で人間観察をしているよりも、文峰と部屋で話しているほうが陽一にはよっぽど落ち着いた。言葉も育ちも違うのに、どうしてここまで気が合うのか不思議だった。文峰はいつも忙しそうにしているが、どんな人にも愛想がいい。陽一が自分の大学に不満を抱いていたときも、「真剣に編入を考えたらどうか」と勧めてくれた。

「時間がたっぷりあって、誰にも邪魔されずに勉強できるのは今しかないですよ。良くない環境だったら、もっと上をめざせばいいじゃないですか？　多くの私立大学はただのビジネスだって知ってるでしょ。それに学長も学者じゃない人が運営してるって聞きましたよ。国立大学に編入できれば、学費も安くなって、お母さんも助かるんじゃないですか？」

「そりゃそうですけど」

「成績はいいんでしょ？」

陽一はうなずいた。

「そしたらどこの大学がいいか調べて試験勉強をはじめたらいいじゃないですか」

「でも歴史なんて勉強しても、何の役にもたたないし、王さんみたいに理系だったら使える知識が身につくと思うんだけど」

「そんなことありませんよ。それに知識がすべてじゃないでしょ。今はインターネットを使ったら情報はなんでも簡単に手に入るし。大学で学ばないといけないのは『視点』、つまり『考え方』じゃないですか？　僕は歴史はとっても大事だと思いますよ」

「そうかな？」

「普通の人は歴史の知識が足りないから企業やメディアの言いなりになってます。今の社会のあり方がどうやってできたかまったく分かってないからですよ。だから会社に入ったら奴隷のようにこき使われ、すぐ流されてしまう。相対的な視点を持たないから、自分の国や組織のやり方が『一番』だと錯覚してると思いますよ」

タバコも吸わず酒も飲まない王文峰は政治の話をはじめるとなかなか止まらない。

「なんでも『仕方がない』って歴史に身を任せるのも一つの生き方ですけど、地震に備えるように『歴史の変動』を予想して準備をすれば、最悪の事態はまぬがれるかもしれないと思いませんか？」

彼は思慮深い表情で陽一を見つめて言った。

「先週の日曜日は珍しく研究室に行かなくてもよかったんですけど、岡崎でやってた木村伊兵衛の写真展を見にいったんです。一九三〇、四〇年代の東京の街の写真が展示されてたんだけど、銀座周辺で路面電車を待っている若い女性の写真がとても面白かった。最初は当時流行《はや》ってた丸いリボンのついた帽子や華やかなドレスに目がいったんだけど、しばらくすると時代背景のことが気になって、数年後にはこの無邪気に笑っている女性たちも戦争に巻き込まれてしまったんだなあって実感しました。当時の東京ではまだ微笑んでいられる空気が漂ってたかもしれませんが、日本軍はすでに大陸の侵略計画を実行しはじめていました」

「そうですね」

「数年後にあの女性たちの父親や兄弟も、見知らぬ人を殺すためにかり出されるとは、夢にも思ってなかったでしょう」

「でも全世界を巻き込む恐ろしい戦争が予期できたとしても、彼女たちにどうすることができたんですか？」

「本当にそう思いますか？　あなたがもうすぐ京都に空襲があると分かっていたら、市内に残りますか？　戦争は傲慢で自分勝手な政治家や財閥がはじめることが多いですけど、一番犠牲になるのは女性と子供でしょ……正直言って、私も日本に来る前は強い偏見をもってました」

「どんな偏見ですか？」

「軍閥は民衆が協力しなければ戦争を起こせません。私は日本の民衆が抵抗せず、彼らの言いなりになったから、国全体が戦争マシーンに変身したのかと思っていました」

陽一もさすがに第二次世界大戦の話題だけは避けたかったが、彼を止める自信はなかった。

「日本人は上司の命令なら内心いやでも従うのかと思っていました。でもこの国に数年間暮らしているうちに考えが変わりました。それは戦争が勃発する前から軍事化に反対して、刑務所に入れられた人たちがいたと最近読んだからです。その『非国民』と呼ばれていた人たちは戦時中牢獄の苦しみに耐えて、自由になった後、胸をはって、『軍閥や官僚が間違った方向に民衆を導いた』と非難できる立場にいたと知りました。こういう人は少数だったかもしれませんが、今日でも似たような人がたくさんいると思います。今まで国民を洗脳してきた政治家やマスコミは、民衆が彼らの意見に耳を傾けるのは困るんです。経済不況になって以来、政治家は権力を失うのを恐れ、離党したり新しい同盟や連立を作ったりしていますが、ゆるぎない独立した見解を持った人々は彼らのつまらないゲームを見抜いていています」

彼が具体的に誰のことを言っているのかよく分からなかったが、また熱くなりすぎるんじゃないかと陽一は心配になってきた。

「今の政治家が特に恐れているのは、若い世代が積極的に政治に参加することです。カメラの前では、『若者にもっと政治に興味をもってほしい』って言っているけれど、彼らは物凄い価値観のギャップが存在することを感じてるはず。だからノンポリでいてほしいんです。どんどんファッション誌を買って、ショッピングしてほしいんです。軽い音楽を聴いて、ゲームをしてチャットで時間をつぶせば、政治なんてどうでもよくなるでしょ。私の父や祖父は政治のために死ぬほど苦労させられました。個人の土地や財産を没収され、紙幣の使用まで禁止されたこともありました。ヨーロッパの哲学者の空想を実践しようとしたからです。そのせいで政府が一般庶民の生活のありとあらゆるところに入ってきて、プライバシーというものが完全に奪われました。一時は家族単位そのものをなくし、牛や馬のように男女を別々に分けて仕事させようとしたこともありました」

「そんなことが本当にあったんですか？」

「はい、もちろんこのような試みは長続きしませんでしたが、だからこそ政治家の恐ろしさを知ってるんです。中国は知的な文化と伝統をもっています。日本のテレビで報道しているようなプロパガンダやスローガンに中国の知識人は騙されていません。表向きには抵抗してないように見えますが、裏ではいつも議論し合ってます。だから私は今こうやって日本で味わうことができる自由が、はっきり言って羨ましいんです」

「そんなに自由な国だとは思いませんが……」

「そんなことはないですよ。中国に比べたら選択肢はたくさんあります。だから心の自由をメディアに奪われてほしくないんです」

文峰は急に時計を見て、冷たい水でもかけられたように我に返った。

「すみません。また熱くなってしまいました。研究室に行かなければならないので、また今度ゆっくり話をしましょう」

文峰は入り口に置いてあったぶ厚い緑のコートを取って、大急ぎで陽一の部屋から駆け出した。一人残った陽一は彼の言ったことをじっくり考えたが、いくつかの明らかな矛盾があると思った。もちろん都会の若者は携帯依存症で、いつも流行りに振り回されているけれど、今世界で一番物質主義にはまっているのは、最近大金を手に入れた中国の上流階層だと、ある雑誌で読んだことがある。文峰の話はいつも聞いていて面白かったが、すべての発言が政治的な側面をもっていた。陽一は文峰以外の中国人に会ったことがなかったので、これが四川のインテリの傾向なのか彼の特徴なのか分からなかった。

　陽一自身もテレビは見ないし、ネットもめったに利用しないので、彼の言ったことが自分にあてはまっているとは思えなかったが、毎回文峰と話すと、自分の文化を見直さなければならないと思わずにはいられない。そしていつも情けなく思うのは、陽一があまりにも日本の伝統や歴史を理解していないことだった。編入の受験はある意味でいい機会かもしれないと思った。

七

それから一年半の間、陽一は深夜放送を聞きながら編入試験に向けて、徹底的に日本史や文学を勉強をした。夜の十一時になると、ときどき文峰が実験室から戻ってきて覗きにきてくれた。そのおかげで陽一はめげることはなかった。彼と接しているうちに、日本文化に対する外から見た異なる視点に興味が出てきた。

二月のある晩、近代史の年表の暗記が一通り終わって休憩していると、文峰がみかんを持って部屋にやってきた。陽一は江戸時代の複雑な官僚封建制度の理解に苦しんでいたので、「いったいこの国のどこがいいか?」と尋ねると、「日本人の美的センスは本当にすばらしいじゃないですか……京都の庭園は世界最高の文化遺産です。なんとしてでもお茶や生け花などの東山文化を守っていかないといけないと思います」と彼は躊躇《ちゅうちょ》せずに言った。

「でも今どきの日本人はどう？」

「とても清潔でファッションセンスも高いと思いますよ。私なんて繁華街を歩いてると、自分が象か猪のように醜く感じることもあります……もちろんいろんな人がいるけど、全体的に律儀じゃないですか。中国に比べたらとても安全で、いつも財布を盗まれることを心配しなくてもいいから、住み心地がいい国だと思います」

このように彼が日本のことをべたほめするとき、陽一はなぜか胡散臭《うさんくさ》く思うことがあった。最初会ったときから、「ここで勉強できて、大学と日本の政府に本当に感謝していまず」と文峰は口癖のように言っていた。「いつかなんらかの形で必ず恩返しします」と誓ったこともあった。彼は何に対してもまじめで情熱的だった。

「まあ、私の意見なんかより、もっと海外の評論家の意見に耳を傾けたほうがいいんじゃないですか？」

「なんで日本のことについて外国の専門家を頼らないといけないんですか？　日本のことは日本の学者が一番知ってるでしょ」

「自分の国の文化の批判や厳しい評価を聞くのはつらいことかもしれないけど、とても大切なことですよ。外国人の言ってることは、無知で極端なことも多いけど、完全に間違ってるとも言いきれない……私なんか大学で学生に、『中国人はいつまで経っても日本の戦争責任の話ばかりする』とか、『中国は八百長の国だから、中国産の農作物やプロダクトはどれもいかがわしい』って言われますよ。あるアメリカ人の研究者なんかには、『共産党の洗脳教育が続くかぎり、中国の国境や人権問題は永遠に解決しない』と怒鳴られたことがあって、大喧嘩したけど、後になって冷静に考えてみたら、彼らの言ってることも分かる気がしました……他国の歴史や哲学や芸術に目を向けないで、『自国の文化はすばらしい』と唱えてると、変な正義感にあふれた宣教師やイラクを攻撃したアメリカの大統領のようになってしまいます」

客観的に自分を知るには、他人が自分のことをどう思っているか知らなければならないとはいっても、そんなことは本当に可能なのだろうか？　それでもおせっかいな文峰は、中国や欧米の学者が書いた日本史や日本文学の文献をたくさん持ってきて「英語の勉強になる」と言って読むように勧めてくれた。陽一はとりあえず、半信半疑で読みはじめてみたが、分からない単語だらけで困っていたら、彼が難解な箇所を熱心に説明してくれた。おかげで頭につめ込むだけの受験勉強にならずにすんだ。

勉強というものは、仕事と似ていて最初は退屈でしようがないが、ずっとやっているうちにはまってしまい、気がついてみればかなり深い世界に踏み込んでしまっている。陽一は学者にありがちな面を自身がもっていることに、まだ気づいていなかった。思い込みがはげしく、何かに没頭すると周りがまったく見えなくなっていることが多かった。しかし、そういう性格だからこそ歴史に向いているのかもしれないが、過去のことを知りたいあまりに今を忘れ、偏った人間になってしまうかもしれなかった。

文峰に勧められた和訳の本で陽一が特に驚かされたのが、『後漢書』の東夷伝や『魏志』倭人伝だった。文字文化がなかった二世紀の日本列島の様子を描写したばかりではなく、日本人の祖先がはだしで歩き、手で食べていた時代の風俗までをもつぶさに記録していた。男性は顔や体に入れ墨をしていて、女性は米の粉のようなもので顔に化粧をしていたことが記されている。ネットでさらに調べてみると、「信頼性が乏しい」と書いている学者もいたが、少なくとも「倭人が長寿で礼儀正しく、争いがあっても訴訟を起こすことは稀だ」と説明した記述は、今日の民族性から見てもでっち上げではないように思った。陽一はそんなことより当時の中国人が、未開だった日本列島の地理や人々の風習に、ここまで興味を示していたことに感動した。

そしてもう一冊、陽一が熱心に訳しながら読んだのはゴッホ、ラフカディオ・ハーン、アインシュタインなどの知識人が日本の文化に対する想いをつづった記録を英訳したものだった。中でも心を打たれたのは、マザー・テレサが昭和五十六年に日本を訪問したときに残した言葉だった。

「もし、女の人が路上に倒れていたら、その場で語りかけたり、助けたいと思いませんか？　豊かそうに見えるこの日本で、心の飢えはないでしょうか？　だれからも必要とされず、だれからも愛されていないという心の貧しさ。物質的な貧しさに比べ、心の貧しさは深刻です。心の貧しさこそ、一切れのパンの飢えよりも、もっともっと貧しいことだと思います」

陽一は新約聖書を一度も読んだことはなかったが、彼女が言おうとしている「無関心さ」の恐ろしさについて考えたとき、思わず鳥肌が立った。それから、受験勉強をしながらも少しずつ自分に何ができるかまじめに考えはじめた。編入試験のための勉強ばかりしている自分がばかばかしく思えた陽一は、試験前の最後の二、三日にリラックスしようと、続けて映画を見に行った。映画界は戦後の第二のルネサンスと言われるほど、いろいろな技巧を凝らした作品が多かった。よりアニメやゲームに近い逃避的な感覚の小説が主流になってきているなか、多くのインディーズ映画が疎外された人間の内面をより斬新な方法で追及していることが陽一には皮肉に思えた。

内容の濃い社会派の映画で満足感を得られた陽一は、編入試験を緊張せずに受けることができた。彼は「亀型こつこつ人間」なので、テストの問題を時間内にすべて解くことはできなかったが、もうどうでもよかった。

八

新しい大学は陽一が思っていたよりも地味だったが、それはそれでよかった。校舎内の建物はほとんど茶褐色で、窓はすべて小さかった。トイレは一階以外は和式が当たり前で、学生センターなどはなかった。学生は昔みたいに黒縁のメガネをかけていたわけではなかったが、前の私立大に比べたら髪を染めていない者が多く、キャンパス内で、あてもなさそうにたむろしている者はほとんど見かけなかった。校舎の隅のほうでタバコを吸っている研究者の目つきでさえ、陽一にとって思慮深く感じられた。

彼は三回生になったので、西洋史関係の授業が増えた。専門科目といってもあまりに広い分野なので、陽一は自分の未熟さを感じずにはいられなかった。一、二週目の授業に出てみると手ごたえを感じ、ここなら充実した大学生活を送ることができると思った。

陽一は相変わらず同じ八条口のぼろアパートに住んでいた。しかし編入を勧めてくれた文峰は無事博士号を取得して、中国へ帰っていったので、隣の部屋は空っぽだった。陽一がこれほどお世話になった友人と別れるのは名残惜しかったが、空港へ見送りに行ったとき、「必ずいつか中国に行く」と約束した。そして王文峰がいなくなった次の日から、「ときわ荘」では大きな声で英字新聞を音読する陽一の声が、朝早くから響くようになっていた。

人生で自分を一から創り直すことができる機会は何度あるだろうか？　みんなが互いのことを知らない入学や入社は、そういう貴重な時期かもしれない。陽一は国立大学の授業のレベルについていけるかどうかや、近い将来にはじまる就職活動のことが心配だったので、今さら気取ってもしようがないと思った。それに、いつでも鏡を覗けば、バカボンパパが変てこりんな顔で笑っている。

しかし、さすがの陽一でも以前のように田舎者扱いされたくなかったので、一番安い携帯電話を買った。そして学食で食べるときはなるべく大勢の人がいるテーブルに着いて、タイミングがよければ話しかけようと思った。しかし仲良くしゃべっているグループには他人が入り込むすきがない。一人で座っている学生でさえ、挨拶しても、下を向いたまま目を合わせようとしない。それでも陽一はこりずに人が多いテーブルを選び、機会があれば会話に参加しようとした。

陽一が新しい大学に慣れようとばたばたしているうちに授業登録の最終日が来てしまった。彼はいろいろな授業にもぐってどの先生がいいか様子を窺っていたが、本当にすごいと思える教授にはまだ出会えていなかった。昼休みになって学食で迷いながら選考科目のリストを見ていると、シルバーのファッションリングをした茶髪の学生が、友達に話している声が陽一の耳に入ってきた。

「なんでもええけど、山下先生の授業は用心したほうがええで。けっこう美人な先生やからと思って、みくびっとったらひどい目に遭うで」

「でもオンラインシラバスにはテストがないって書いてあるやん。もう日本史の授業はうんざりなんや」

「シラバスなんか信用したらあかん、おれも山下先生の教員データに圧倒されて、彼女の英米文化史の授業を受けたんやけど、必死にがんばってもやっと六十五点やったんやで」

「テストがないのになんでそんなに大変なん？」

相手の学生が顔をしかめて聞いた。

陽一は手元にあった全授業科目の表に、山下理恵教授が担当している「近代西洋史」という授業を見つけた。

「それがなあ、授業中に必ずディスカッションさせられてバンバンあててくるんや。中途半端なこと言ったら、徹底的に反論されるで。一度授業中に寝てるやつがおって、そいつが先生に起こされて質問されて、とっさに教科書のまんま答えたら、『暗記ばっかりするやつは高校へ戻れ』って言われよった。それに二週間に一度はエッセイ書かされたり、口頭発表させられたりして……学期末に論文を提出するだけやったらまだましやったんやけど、内容が甘いと思われたら、書き直させられて、先生が納得いく水準を満たしてへんかったら不合格にされるんや」

「うそやろ?」

「ほんまやって。実際おれが受けたときは、半分以上のクラスの学生がパスできへんかった。学生課に文句言いに行ったやつも何人かおったって聞いたけど、山下のやつ、まったく譲らへんかったらしいわ」

「なんでそんな偉そうな態度取れんにゃ」

「いや、それがな、偉そうってわけやないんやけど……とにかく頭がきれるんや。なんちゅうたってハーバード出てるし、俺らの大学じゃ相手にならんわ。俺も久しぶりに火ついて頑張ったけど、ぜんぜんあかんかったわ……そやから単位のことだけ考えてんやったら、やめとけ。絶対パスできへんぞ」

この話を聞いて陽一も内心不安になり、山下先生の担当科目を全部見た。すると来年取ろうとしていた「大英帝国とコロニアリズム」を教えていることが分かった。

彼が食べ終えた食器を戻し学食を出ると、外は心地よい青空が広がり、クラブやサークルのメンバーが、まだ新入生を勧誘していた。陽一は入部するつもりはなかったが、誰もがフレンドリーに話しかける様子を見ているだけで楽しかった。しばらく春の日差しを浴びながら佇んでいると、自動販売機の側の小さなテーブルに座っている天然パーマの男と陽一の目が合った。

「ボランティア活動に参加しませんか？　もし興味があれば、一度だけ一緒に体験しませんか？」

「どういうことをしてるんですか？」

「主に老人ホームや一人暮らしの方を訪問をしてます」

「でも経験がないし、行ってもみんなに迷惑をかけるだけだと思います」

陽一は少し困った口調で言った。

「そんなことはないですよ。サークルのメンバーだって専門家じゃないし、悩みを解決したり病気を治したりすることはできません。でも施設では医師や介護士たちが忙しすぎて、ゆっくりお年寄りの話を聞く暇がないんです。妻や夫に先立たれたお年寄りは本当に孤独で、もっと多くの人と話したがってるんです」

「でもこの大学に編入してきたばかりで、どのくらい勉強が大変になるか分からないので……」

「勉強も大切だけど、いろんな人と世代を超えて交流すれば、世界が広がると思わない？」

後ろの椅子に座っていたショートヘアーの女性が話に入ってきた。

「そうですね。じゃ、一度参加させてください」

「よかった」

最初に陽一にアプローチした部長が笑った。

「一度体験すれば、誰でもできるって分かりますよ」

ショートヘアーの女性も立ち上がって、三回生の三上洋子と自己紹介した。

「何か分からないことがあれば週末にでも話をしましょう」

彼女は携帯の番号も教えてくれた。くりくりパーマの小野和樹も、陽一が興味を示したのを喜んで、

「ほんとはサークルっていっても、二人しかいないんやけど」と言うと、

「でも力強い顧問がいるけどね」

洋子がぼそりと呟きながら陽一にサークルの活動を紹介したチラシを二、三枚渡した。

陽一は授業があるので長く話せなかったが、礼を言ってまた会う約束をした。

九

陽一は山下理恵教授の研究室の前で立ちどまって、少しどきどきしながらノックすべきか躊躇していた。学食でのうわさ話を聞いていなかったら、ボランティアサークルの顧問に直接会ってボランティア活動についての説明を聞くことに緊張するはずはなかっただろう。しかし陽一は近い将来に受けなければならない授業を担当している厳しいやり手の西洋史の教授と話すと思うと気がひけた。もちろんサークルの部長が言っていることは分かる。良い聞き手になるために「傾聴」の訓練をしなければ、孤独な老人たちと会っても何をしていいかとまどってしまう。でも陽一のような無経験で小心者にこのような活動ができるのか分からなかった。

「とにかく一度サークルの顧問に会ってみます」と部長の小野和樹に約束したので、陽一が恐る恐るノックすると、「どうぞ」と若々しい声が聞こえた。中に入ると、英語の歌謡曲が流れていて、陽一よりも背が少し高い、まっすぐなロングヘアーの女性が握手を求めてきた。陽一はぎこちない握手を交わした後、大きい声で自己紹介をしてしまった。

「お会いできてうれしいわ。小野君から話は聞いてたから……そんなに緊張しないで」

そう言って脚のすらっとした先生は、ローズヒップティーをガラスのコップに入れて、陽一の向かいの椅子に腰掛けた。

「傾聴に興味をもってくれて本当に嬉しいわ。正直なところ、つい最近四回生が五人も一斉に卒業したから、メンバーが足りないの。でも一度参加したからといって、またケアーハウスに行かないといけないなんて思わないで。たまにプレッシャーを感じる学生がいるんだけど、好きでやってるんだから、いつでも遠慮なくやめることができると思って」

話しながら手を顎にもっていくしぐさは、あまり日本人らしくないように陽一には思えた。教授だから四十を超えているはずなのにノーメイクの肌につやがあった。

「何かボランティアをしたことある？」

「いいえ」

「もちろんいいのよ、全然なくても……じゃあ、人の話を聞くのはうまいと思う？」

この質問に対しても、陽一はしばらくしてから首を振った。

「よかった。今まで『いい聞き手だ』と自称した学生に、傾聴ボランティアが続けられた人はいなかったから……」

ステレオから流れている曲が急に変わったので、陽一は思わず振り向いた。

「ビートルズが好きなの？」彼女は流れてくるメロディーのほうに向かって言った。

「あんまり聞いたことがないんで、好きでも嫌いでもないです」

「彼らの歌には当たりはずれがあるけど、この『Eleanor Rigby』はいいわよ。とてもストレートに存在感の孤独を歌っているけれど、当たり前のようで、でもよく考えてみるととても意味深いメッセージが込められている気がするの」

「Eleanor Rigby」が六十年代にポップソングとしてヒットした曲だと先生は詳しく説明してくれたが、リズムをとっているチェロの重低音は最近の歌謡曲にはほとんど使われないので陽一の耳には新鮮だった。

「俗に言う『老人ホーム』にはいろんなタイプがあって、施設によって介護の仕方や入居者の規定にはかなりの差があるんだけど、施設に住まわれているお年寄りは、外の人間と本当に接触が少ないの……想像してみて。あなたが息子にケアーハウスに入れられたとする。自分はまだまだ元気だから一ヵ所にこもっていたくない。施設からの自由な出入りは、表向きは可能だと言われていても、実際は簡単に許されない。身内はお盆と年末年始以外は、なかなか会いに来てくれないし、ホームの老人はふさぎ込んでしまってあまり話をしたがらない。自分がそういう立場にいたら何を求めて生きていくと思う?」

「難しいですね」

「現状はもっとひどいの。老人ホームなんかに行かなくても、世の中には話を聞いてほしい人であふれてる」

「先生はどうやって人が話を聞いてほしいって分かるんですか?」

「先生って呼ばないで。ボランティアをするのに上下関係はあってはいけないから。『山下』でもいいし、『理恵』でもいいけど、気兼ねなく思ってることを言える呼び方で呼んで。私だって偏見の塊だから、杉田君がおかしいと思うことは大いに議論しましょう」

「分かりました」と陽一は言ったものの「山下さん」とは呼べないし、ましてや「理恵」と呼ぶわけにもいかなかった。

「アンテナをしっかり立てていれば、どこでも電波を送り出してる人に出会うわ。バス停や食堂、病院の待合室。どこに行っても訴えたいことがある人はいるけど、『信頼できる話し相手』がいないで困ってる。昔だったら家族に話したり、手紙を書いたり、たまにお寺の和尚さんに相談したりしてた人はいたけど、今は専門家と呼ばれる赤の他人にお金を払ってアドバイスを求める人がこの国にも増えてきた。でもたいていこういう人たちは『変人』扱いされて、もっとひきこもってしまうの」

「本当に悪循環ですね」

「それ、それよ。あなたが今やってること……聞き手の主張を自然に反復することが大切なの。たいていは人の話が長いと、うっとおしくなって中断したくなるけど、長い話の中には『コアーメッセージ』が隠されてることもあるの。例えば知人が夜に電話してきて『昨日タイガースが負けた』とか、『サングラスをかけた歌謡曲番組の司会が目ざわりだ』などとりとめもない話をぶっ続けに一時間したとするわよ。ほとんどの人はめんどくさくなって、本でも読みながら相手の話を聞き流すかもしれない。でも実はその人は本当に言いたいことがなかなか言い出せないから、遠回しにいろんな話題を持ち出してるのかもしれない。コアーメッセージは一瞬の言葉や顔の表情でほのめかすことが多いから、集中してないと聞き逃してしまうの」

「コアーメッセージは毎回あるんですか?」

「ごく稀《まれ》にしか出てこないけど。話し手が、『この人だったらなんでも無償で受け入れてくれる』って思えるまで長い年月がかかるでしょ？　なんとなく分かる？」

「そうですね。あまり自信がないですけど」

「じゃ、例えばあなたの友人が『自殺したい』って言ったらどうする？」

「それは……言われてみないと分からないですね。時と場合によるんじゃないですか？」

「それはそうね。でももしその人がすごく悩んだ末に告白したんだったら、『絶対あかん』とか『自殺するな』とか『精神科医に相談したほうがいいんじゃない』って言うと逆効果になるかもしれないでしょ。そういうときは、その人のすべての痛みを受け止めるつもりで必死に聞いてあげて。そのほうが本人も気持ちが整理できるから」


陽一も最初は面接を受けているような気分だったが、だんだん理恵の話し方に慣れてきた。それから理恵はショーペンハウアーの哲学や、何百人もの末期ガンの患者と話して分かったエリザベス・キューブラー・ロスの「死の受容のプロセス」について詳しく説明した。かなり重い話だったので、陽一はちゃんと消化できたかどうか分からなかった。

「私たちもたぶんいつの日かは障害者になるんだから、今、自分が健康なうちに何かしないと。別に、ホームレスの自立支援に大金を寄付したり、海外のＮＧＯの支援活動に参加しなくても、身近なところで他人の手助けができることってあるんじゃない。傾聴は『聖人』じゃないとできないことでもないし、もっと身近にできることだと思うの……どう思う？」

「やっぱり一度体験してみないと分かりません」

「じゃ、ためしに周りの人と話すときに自分なりに傾聴してみたら」

「そうですね。やってみます」

「何か疑問があったら遠慮せずに、いつでもサークルのメンバーか私に聞いてちょうだい。二、三週間に一回はこの部屋に集まるから」

これが陽一と山下教授との最初の出会いだったが、陽一は間違えて彼女を「先生」と呼ばないように気をつけなければならなかった。

＊　＊　＊

その週末にさっそく陽一はサークルのメンバーが訪問している「憩いの里」で洋子と会うことになった。はじめからホームの老人たちと陽一が仲良くなれる保証はなかったので、とりあえず「憩いの里」で開かれるミニコンサートに出席し、演奏終了後にしばらく残って、彼らと話してみたらどうかということで、現地集合することになった。

「憩いの里」は京都の北東部の山沿いにあるホームだと地図を見て分かったので、編入試験の合格祝いのつもりで買った中古の原付で行くことにした。日曜日は五月《さつき》晴れで、ヘルメットに入ってくる風がとても心地よかった。しかし山の崖に咲いている藤の花に目を奪われていると、トラックが猛スピードで突っ込んできてあてられそうになった。まだバイクには慣れていなかったので、それからは特に注意して運転した。

ガレージの前に到着すると門があまりにも立派だったので、最初はホテルと間違えた。ヘルメットをとって、バイクから降りると、入り口の前で洋子が待っていた。

「ほんとにいい天気ね」

「待たせましたか？」

「全然。こんな日には車椅子のおばあさんを押してお庭の散歩にでも連れて行こうかと思ってたの」

洋子の笑顔は人を明るい気分にさせる。自動ドアを通って施設の中に入ると、陽一はロビーの高い天井に圧倒され、ここの入居者が孤立していることを忘れさせた。

「教わったことで頭がいっぱいだと思うけど、心配することないわ。理恵が言うように、実際話してみるとマニュアルどおりにいかないのがすぐ分かるから。大事なのはお年寄りの気持ちを理解しようとすることだと思うんだけど」

「ありがとう。とりあえず頑張るよ」

洋子が先生の名前を呼び捨てしているのに陽一は驚いた。

「いい出会いがあるといいね」そう言って洋子は約束していた田村ナヲという人の部屋へ行った。彼女がいなくなると、ロビーで待っていた黒いスーツの職員が、陽一をホールへ案内してくれた。三方に大きな窓がある、田んぼと山が見える広々としたホールで、すでにコンサートがはじまっていた。陽一はできるだけ演奏のじゃまにならないよう一番後ろの席に腰掛けて、ソプラノ歌手の歌っている民謡に耳を傾けた。ピアニストのリズム感とフルートの軽やかなトリル音は曲を華やかにさせ、歌が終わると老人たちがいっせいに拍手した。その後は滝廉太郎や古関裕而《こせきゆうじ》の歌が何曲も演奏されたが、どれも上品ですばらしかった。「かやの木山」、「砂山」など、陽一の知らない歌もたくさんあったが、北原白秋の詞を聞いているだけで、なぜか涙が込み上げてきた。そして最後は歌詞がみんなに配られ「早春賦《そうしゅんふ》」「紅葉《もみじ》」「故郷《ふるさと》」を合唱した。

すっかり気分が高ぶった陽一は、隣に座ってたおじいさんに、「演奏会はひんぱんにあるんですか?」と聞いたが、「わしゃ知らん」と言って出口へ歩いていった。

ステージの周りではピンクと真っ赤なドレスのソプラノが何人かの入居者に囲まれて楽しそうに話していた。陽一も前のほうに行こうとすると、ホールの隅でぼんやり外を眺めていた長い鬚《ひげ》のおじいさんが目にとまった。

「最後の合唱はとてもよかったですね」と声をかけてみたが、

「みんなへたっぴやん」とはねつけられた。

「わしは年かもしれんけど、つんぼやないで。いい加減に子供だましのような歌はやめてほしいわ」と言った。

陽一は頭を下げた。さらに二、三人に声をかけてみたが、会話が長続きしなかった。十分くらい経つとケアーハウスのスタッフが椅子をかたづけはじめた。陽一は自分の話し方が固すぎたのかもしれないと反省し、もっと気軽に振る舞ったほうがいいのかと思った。

しばらくすると、入居者がそれぞれの部屋に戻りはじめ、背筋がわりとしゃきっとした老紳士が車椅子のおばあさんをゆっくり押して陽一の前を通り過ぎた。陽一が老夫婦の様子に見惚れていると、前歯のない小柄なおばあさんが後ろからやってきて、

「あんたも何か楽器ができんのか?」と聞いてきた。

「残念ながら何もできないんです」

「うちは若いころ大正琴やってたなあ」

「はあ……」

曖昧《あいまい》な反応に、おばあさんは陽一なんかに話しても分からないと思ったのか、横を向いてホールから出ていった。陽一は大正琴を見たこともなかった。ボランティアの演奏家が楽器をしまうと、陽一もホールを出ていった。ホールの出口付近で田んぼを見つめている老人がいる。けっこう恰幅のいいおじいさんだと分かり、陽一が「さよなら」と言うと、男は陽一のヘルメットを見て、

「こんなところまでバイクできたんか?」と聞いた。

「はい、原付ですけど」

「原付やってりっぱなバイクやないか。わしが若かったころは、バタバタしかあらへんかったし」

「バタバタ?」

陽一は思わず繰り返した。

「聞いたことないか?　戦後間もないころはダイハツが生産しとったんやけど、エンジン

かけるときに『バタバタ』と音がうるさかったさかい、みんなそう呼んどったんや。笑うかもしれんけど、自動三輪は高級な乗りもんやったんやで」

「そうだったんですか」

「わしは小さいころから乗り物が好きやったさかい、戦後トラックの運送の仕事を何年もしとったんや。バイクの簡単な修理くらい今でもできるわ」

「そうですか。僕は自分のバイクの中がどうなってるか、さっぱり分からないですよ」

「まあ、昔の乗り物は単純やったからな。わしんとこの養鶏所の鶏が病気で全部死んでしもたとき、どうしようもなかったから、トラックの仕事をせなあかんかったんや。信州や東北が多かったけど、全国走り回ったわ」

「すごいですね」

「鶏がいなくなってもうたから、わしのじいさんとばあちゃんを養う方法がなかったんや。あのころは年金なんてほとんどあらへんかったし、大型トラック以外にほかの道なんて何もなかったで。まあトラックちゅうても、窓も屋根もない大型車に荷物をたくさん積んで、鉢巻きまいてゴーグルして、夏も冬も休まず一日中走ってたわ」

「なんで窓と屋根がなかったんですか?」

「戦後間もないころは、鉄不足やったんやろか？　わしも分からんけど、そういういい加減なトラックが多くて。とにかく走ればよかったんや。おまけにちゃんとした椅子もついてへんかったし、バランス取るためにハンドルにしがみついて運転しとった。急カーブのときは何度も落っこちそうになったけどなあ」

「危ないですね」

「そやなあ。でも仕事やと思ってわりきっとった。そんな仕事しとったさかい、目の周りだけ焼けへんで『メガネザル』って、からかわれたわ……きついのなんのって、金がなかったさかい、ろくにめしも食べんと目的地まで突っ走しっとったわ。目的地でトラックの部品を組み立てる会社やったんやけど、同じところで働いてた連中はしんどいさかい、片道は電車で行って、帰りはトラックで京都まで戻ってきたんや。ほとんど休憩せんと、一日で東京に行って帰ってきたから、わしは社長に気に入られてたんや。そのおかげで往復の仕事が貰えたんやけど、その代わり同僚には嫌われたわ。社長の嫁さんとできてるさかい特別扱いされるんやって、さんざん冷やかされたわ」

「よく黙ってられましたね」

「食っていくためやったから、しようがなかったんや。とにかくわしは毎日はよ帰ろと思うとったさかい、飛ばしまっしゃろ。ほんだら雨が降ってきて、針が刺さるみたいに痛かったでっせ。運転席がなかったさかい、工具箱に腰掛けて運転しとったら、カーブんときケツが振られて、ケツの割れ目から血が出てきたこともあったわ。笑わはるかしれんけど、帰る途中に何度ケツ押えたか分からへん。かたっぽのケツで舵《かじ》取りまっしゃろ、ほんならしまいにケツの穴が切れてもうて大変やったで」四角い顔のおじいさんは大笑いしてから、急に表情を変えて、はじめて陽一の顔を見つめて言った。

「おたくはあんまり見かけんな」

「実は今日はじめてコンサートに来たんです」

「そうか。ここは機械の話ができるやつがおらんから、また遊びに来てえや」

「あ、はい。僕、杉田陽一って言います」

「学生か?」

「大学の三回生です」

「わしは勉強のことはよう分からんけど、またいろいろ教えてえな」

「教えるなんて、こっちが教わりたいですよ」

「悪いけど今から風呂の時間なんや。もっとゆっくり話したいけど、また今度来いな」

陽一が挨拶する間もなく、おじいさんは急いで長い廊下の一番端の部屋の中に入っていった。うっかり名前を聞きそびれたのを後悔したが、「また会いたい」と言ってくれたので、陽一は嬉しかった。

十

陽一がいつもの鯖《さば》の味噌煮定食とフルーツヨーグルトをトレーに載せて席を探していると、洋子が向かいのテーブルから手を振ってきた。

「こっち、こっち！」

陽一は洋子の前の席にトレーを置いて座った。

「この間は本当にありがとう」

「けっこううまくいったらしいね。理恵から聞いたわ」

「はい。みなさんのおかげで、今週から佐藤さんに会うことになったんで、やる気が出てきました」

洋子が隣に座っていた上品な白のワンピースの女性に、

「彼、サークルの新しいメンバーの杉田陽一君。十津川出身なの……よね？」と紹介した。

陽一が少し恥ずかしそうに肯くと、

「十津川村ですか？」

長い黒髪の女性が瞬きして尋ねた。「あの……木野浩二さんって知ってますか？　六十代くらいの篠笛の職人さんなんだけど……」

「いやあー聞いたことありません。十津川は一応日本一広い村なんで、和歌山方面の人とはめったに会わないんですよ」

「そうなんですか？　去年旅行で行ったときに、木野さんからいただいた篠笛の音色が本当によくて。最初はうまく吹けなかったんだけど、最近ようやくこつが分かりはじめて……だからもう一度会ってお礼が言いたくて」

「また笛の話？」

洋子は彼女の肩を軽くたたいた。

「真紀は大学オーケストラのフルート奏者でセミプロなの。でも音楽の話をはじめると止まらないから、用心したほうがいいわ」

「何言ってるの」

「こう見えても私たち、幼なじみで静岡出身なの」

洋子が真紀を揶揄《やゆ》した。

「篠笛とフルート、どっちが難しいんですか?」

「篠笛をはじめて一年しか経たないから、まだ何とも言えないけど。何か吹奏楽器をやってるの?」

「またすぐそうやって勧誘しようとする。彼は私のサークルに入ったのよ」

「かなり不器用なんで、楽器はやったことないです」

陽一は女性の前で格好つけるのは得意ではなかった。でも真紀のしっとりした声と可憐《かれん》でつぶらな瞳に魅了され、自分がじっと彼女を見つめていたことに気づきもしなかった。とにかく二人が去っていった後も、陽一は一人残って初対面の余韻を味わっていた。

さっさと昼食をすませると、陽一は授業をすっぽかして、図書館で大学オーケストラのホームページを検索した。嬉しいことに何枚かの演奏会の写真があったので、少し拡大してみたが、彼女の顔をはっきり見ることはできなかった。それでも理工学部三回生の堀内真紀が第一フルート奏者として載っていた。それから一時間近く、陽一はオーケストラの活動などについてすべて書き込みを読んで、来月の頭に野外コンサートがあることを知った。

その晩、アパートに帰ると、陽一はさっそく母に電話して十津川村に篠笛の職人はいないかと尋ねると「木野浩二」の名前がすぐ出てきた。陽一の家からバスで四つ離れた高級温泉旅館の近くに住んでいるらしく、笛作りの腕は全国的に認められているらしかった。陽一もお祭りのときに、木野さんが吹いているのを聞いているはずだと母に言われた。陽一が「今度帰ったときにぜひ会ってみたい」と言うと、息子が篠笛をはじめるのかと思い込んだらしく母は嬉しそうだった。

でも実際陽一がこの職人に会ってみたところで何になるのか分からなかった。「一年前に会った女性があなたの職人技を高く評価している」と木野に話しても、彼が真紀のことを覚えている保証はない。それでも木野浩二に会うことができれば、せめて伝言を伝えたと真紀に言える。

それから数週間、陽一は彼女のことばかり考え、勉強にも、せっかくはじめたホームでの傾聴ボランティアにも、支障が出ていた。陽一は学食に行くたびに真紀の姿を探したが、前に会ったところにはいない。サークルが集まるときに洋子に真紀のことを尋ねようかと思ったが、陽一はなんでもすぐ顔に出てしまうから、自分の気持ちを見破られたくなかった。中学生のころにはじめて人を好きになったときは、側で眺めているだけでよかったが、真紀に関しては、感情を抑えるのに苦労した。

しかし真紀と話すことができたところでどうなるわけでもない。陽一はクラシックについてまったく無知だったし、共通の話題など何ひとつないかもしれない。そう考えるとじっとしていられず、陽一はフルートについての本やＣＤを市民図書館から借りてきて、かたっぱしから読みあさった。せめてブランド楽器の音の違いが分かれば、ホームページに何かコメントを書き込めると思ったので、楽器屋に行っていろいろ尋ねてみたが、金と銀のフルートの音の違いは吹いている人には分かっても、素人の陽一にはなかなか聞き取れない。仕方がないから陽一はコンサートまで待つしかなかった。

第二章　憩いの里

一

七月の上旬、精神科医が介護施設を定期訪問する日がやってきた。精神科医は白いベンツから降りると、周辺の山に霧がかかっているのを眺め、おもむろにポケットからタバコを出して火をつけた。

「憩いの里」は山沿いの少し不便な場所にあったが、まるで高級ホテルのように赤いじゅうたんがロビーに敷いてあった。丁寧に手入れされたイギリス式の庭園とテニスコートは、はじめて訪れる人を驚かせる。美しい自然に恵まれたこの施設では、入居者の窓から古い民家の土壁と昔茅葺きだった屋根が点々と見える。京都市郊外にはさまざまなケアーハウスや特別養護老人施設があるが、「憩いの里」のまるでリゾートホテルのような正門を見れば、かなり裕福な人しか入居できないことは明らかである。

石原はタバコを吸うとゆっくり玄関のほうに向かった。

ロビーで待っていた若い女性スタッフが、「おはようございます。お待ちしておりました」と明るい声で頭を下げた。黒いレザーのソファーとヨーロッパ風のアームチェアーがあちこちにあるロビーで石原が立ちどまると、白のジャケットに長ズボンの看護師が歩み寄ってきて言った。

「いつもありがとうございます。先生のおかげで我々の仕事も本当にやりやすくなりました」

「それはよかった」

石原はソファーでうつらうつらしているおばあさんを見ながら満足気にうなずいた。

「中西先生が小会議室でお待ちですので、こちらへどうぞ」

二十代後半の職員が石原に資料を渡して個室へ案内した。百名以上の入居者がいるのに、ぴかぴかにワックスがかかった廊下ですれ違ったのはわずかにおばあさん一人。途中「レクリエーションルーム」と書かれた部屋を通り過ぎるとき、石原は丸い窓から中を覗き込んだ。六十五インチの液晶大画面を見ている五、六人の車椅子の老人を見て納得した表情で、石原は会議室に行った。

「ここは安心できる空間に満ちていて、実に素晴らしい」

「そう言っていただけると嬉しいです。これも先生に手助けしていただいているおかげです」

小会議室に入ると、主任の中西医師と四、五名の職員が石原を丁寧に迎え入れた。それから今週のホームでの出来事や数人の入居者の健康状態ついてスタッフが三十分ほど説明した。石原は秘書が出したコーヒーを満足そうにすすりながらカルテに目を通した。

その日の会議の主な内容は、認知症がひどくなってきた八十五歳の西川幸代の症状と、夜中に廊下に出て大声で演歌を歌う木村巌、そして最近スタッフに怒鳴るようになったイギリス人のエミリのことが中心だった。石原は何につけても「うん。なるほど。みんな実によく頑張ってるね」と口癖のように言うので、まともに説明を聞いているかどうか、さだかではなかった。しかしホームの職員は、誰も彼の判断を疑うものはいなかった。

そもそも一年前にこの高級なケアーハウスができたとき、入居希望者を集めるのは難しくはなかったが、二年目に入って実際の運営を見直すと、老人の悩みや精神的ニーズに対応するスタッフの人員不足が明らかになっていた。「特別養護老人ホーム」と違って、「ケアーハウス」は通常の老人ホームのように、あまり介護を必要としない老人のための施設であるはずだったが、やはり交通手段が不便なところで長く住んでいると、誰もが精神的にまいってくる。

　そこで二ヵ月前から精神科医である石原を雇って、施設内の改革を実施するのを手伝ってもらうことにした。石原が呼ばれるまでは中西医師一人が、「憩いの里」の入居者を定期的に診察していた。ところが半年前からスタッフ不足のせいで、常に廊下をさまよっている老人同士のケンカや夜間の徘徊が問題になっていた。驚くべきことに、石原が入居者を診察するようになってからは、ケアーハウスの入居者が奇跡が起こったように静まりかえっていた。看護師にとっても、石原の訪問がはじまってからは仕事がやりやすくなり、他人に迷惑をかける老人も少なくなった。

　会議が終わると、石原はさっき廊下で会った良子という看護師と一緒に中西医師から指摘があったイギリス人の女性の個室を訪問することになった。

　エミリの部屋に入ってみると、まるで二人を待っていたかのように、チョコレートケーキが円形のテーブルにきっちり切って並べてあった。エミリはかわいらしいレースのエプロンをしたおばあさんで、二人を見るなりにっこり笑って、「You're just in time for some tea」と言って甘い香りのするアップルシナモンティーを勧めた。

　石原は礼を言って、上品な青と白のロイヤルコペンハーゲンのカップに、ゆっくりお茶を入れるエミリの表情を観察した。

　初対面にもかかわらず、石原は無表情に自己紹介した後、看護師に血圧を測るように命じた。外国人を診察するのは慣れない体験だった。石原はエミリの目を見ずに出身地や故郷についてかたい標準語で尋ねた。エミリは姿勢よくソファーに座ったまま首をかしげたので、看護師が片言の英語に通訳しようとしたが、彼女のカタカナ英語は通じていないようだった。とまどった石原は無意識にタバコが入ったポケットをいじって、もどかしそうにカルテに何か書き込んだ。

　しばらくすると、今度はエミリのほうから英語で石原に何か問いかけた。エミリの腕は非常に白くやせていたが、年のわりには声が澄んでいた。石原にはじめて会うのを意識していたせいか、その日エミリは薄紫のネッカチーフをきちんと結んでいた。石原は彼女が何を言っているのか分からなかったので、気まずそうに良子に通訳を促した。居心地悪い空気を察したのか、エミリは不審そうに石原の顔を覗き込んで、さらに長い質問を少し興奮した声でぶつけた。隣で聞いていた良子は思わず、

「すみません。私の英語じゃ無理です。事務室に戻って、誰かもっと英語ができる方を呼んで来てもらいましょうか」と尋ねたが、

「その必要はないよ。彼女は多分こんなふうに熱くなって、周りの人にやつあたりしているんだろう。まあ朝と晩の食事と一緒に木村さんにも飲ませている抗鬱薬か、もう少し強い抗精神病薬を出せば、ちょっとずつ落ち着いていくよ」

　こう言うと石原は処方箋に薬の名前を書き込んで印鑑を押した。そして時計を見て、

「そろそろ隣の西川さんを診察しに行かないといけないから、後はよろしく頼むよ」

　こう言って石原はカルテを看護師に渡して部屋から出て行った。精神科医が立ち去ったのを見て、エミリが少し混乱した表情を見せたので、良子は、「大丈夫ですよ」と言って彼女の手を軽く握った。

　その血管が浮き出た白い手は信じられないほどすべすべしていた。このイギリス人のおばあさんは、いつも小ぎれいにしており、側に寄ると銀髪からほんのり甘い香りが漂って来た。エミリがこのホームに来る前、何をしていたのか、聞いてはいけないことになっていたが、品のあるいい家柄のお嬢さんだということは明らかだった。今日の診察がなんとなく気の毒に思った良子は、

「元気を出して。私は一時まで忙しいけど、昼休みに一緒に外に行きましょ。この間の雨でアジサイの花が大分咲いたと思うから……」と思わず声をかけた。

良子は丁寧にゆっくり話してくれるので、エミリには言葉の意味は分からなかったが、看護師の気持ちは伝わっているようだった。エミリがここに来てから一年半が過ぎ、ようやく良子の優しさと微笑みが共通の言語になりつつあった。あるとき、良子は少し時間が空いたのでエミリを散歩に連れていった。そのときから二人の間には信頼関係が芽生えていた。しかし良子はホームにいる老人たちの過去についてあまりに知らなかったので、人間的な付き合いがなかなかできなかった。「憩いの里」に入居しているので、エミリが裕福な家から来ていることは分かったが、子供を何人育てたとか、どんな仕事をしていたのかなど、知らないことばかりだった。現役だったころに医者や芸術家だったとしても、本人がそのことを話さない限り、知られないまま死に至る運命なのかもしれない。エミリはその平等さと孤独感に耐えきれないのかもしれない。

二十年前にすでに高齢であったにもかかわらず忠蔵と結婚したとき、エミリは将来義理の息子にこのような施設に入れられるとは思ってもみなかった。忠蔵は紳士的で彼女の意見を尊重してくれた。「私が先に倒れたら、すべて思うままにしていい」と忠蔵はやさしく言ってくれたのをエミリははっきり覚えている。しかしエミリはイギリス人なので、父親が年を取ると、代わりに息子が家の権力を引き継ぐという家父長制が、今も日本で生きていることを知らなかった。

一年半前に忠蔵の肺炎が治り退院したとき、なぜ義理の息子が引っ越し業社に二人のマンションにあった家具などすべてを、「憩いの里」に運ばせたか分からなかった。忠蔵は二十年間妻と住んでいた2ＬＤＫのマンションが気に入っていたし、引っ越ししたいと自分で言ったことは一度もなかった。もし、忠蔵が「自立して生活する自信がない」と頼んだら、エミリには最後まで夫の面倒を見る覚悟はできていた。しかし義理の息子の判断で施設に入れたのだったら、それは耐え難いことだった。

息子自身は善意で決断したと思っているのだろう。忠蔵とエミリがケアーハウスに入居した日に、「ここは老人ホームじゃなく、ルームサービス付きのホテルのようなところだ」と言っていた。確かに平日は医者や看護師が入居者の問題に対応するはずだったが、かなり高額な費用を出しているわりにはスタッフ不足で、実際入居者の日常的なニーズを把握しているのは、よそから派遣されている介護士ぐらいだった。

忠蔵は息子を親孝行だとは決して思っていなかった。それどころか、「憩いの里」に入居させられてからは、息子と口を利かなくなり、周りのスタッフにも怒鳴るようになった。そして数週間後に重い鬱《うつ》病と診断され、エミリがどんなに夫を励まそうとしても、笑顔を取り戻さず、食事を取らなくなった。その後忠蔵は再び肺炎にかかり、一ヵ月後に亡くなった。この一部始終を見ていたエミリは、それが息子のせいだと思わずにはいられなかった。

二

「そんなにいいコンサートだったの？」

「クラシックのことはあんまり分からないですけど、すごく感動しました」

「まあバッハのフルートとオブリガート・チェンバロのためのソナタは複雑で奥が深い曲だから、ソリストのフルート奏者もかなり自信がないと演奏できないわね」

理恵は手際よくハンドルを回しながら、市原への道を黄色いポンコツ自動車で走っていた。数日前に陽一は先生に誘われ、「憩いの里」まで乗せてもらっていた。

「そんなにうまかったのなら、『憩いの里』でも演奏できないかしら。ホームのお年寄りは明治後期から昭和初期の叙情歌を聞いて育った世代だから耳がこえてるわ」

「この間のミニコンサートの後、合唱のことをけっこう厳しく言ってたおじいさんがいましたよ」

「好き嫌いがはっきりしてることはいいことよ。もし、将来施設でミニコンサートがあって、そこで今流行のヒップホップの曲を演奏したら、お年寄りは心臓発作で死ぬかもしれない。でもオーケストラの学生はまじめそうだから、彼らさえよければ『憩いの里』で演奏してほしいわ」

「ホームページに部長や顧問の名前が載ってました」

「そう、じゃさっそく今晩帰ったらメールしてみるわ。バッハもいいけど、どう？　このバリトンのしぶい声」

カーステレオからは理恵がだいぶ前に録音したシューベルトの「冬の旅」が流れていた。

「哀しげな曲ですね」

「ちょっと季節はずれだけど、シューベルトの歌はどれも叙情的で、一人で聞くと味わい深いわよ」

理恵と陽一があれこれ話しているうちに「憩いの里」に到着した。車のエンジンを止めて理恵は言った。

「今日佐藤さんに会ったら、どうしたらもっと信頼を得られるか考えてみて」

「頑張ってみます」

そう言って陽一はホームに入って来客簿にサインし、真っ先に佐藤孝太郎の部屋に行った。

陽一は約束があったわけではなかったので、ノックしたとき内心不安だったが、「はい」と老人の太い声がして、すぐにドアが開いた。

でも孝太郎は若い青年を見ると、

「おたくは、どなたはん?」と言った。

「二週間前にコンサートの後、お会いした西洋史三回生の杉田陽一です」と返事をしたが彼は無反応だった。

「今度部屋に来てゆっくり話しましょうっておっしゃってたんで、今日また参りました……」

「はあ?……」

陽一はどうしていいか分からず、帰ったほうがいいのかと思った。頭を下げて引返そうとすると、前回、ヘルメットがきっかけで出会ったことを急に思い出した。

「ほら……この間バタバタの話をしてくれたじゃないですか」

「あーすまん、すまん。最近ほんまに物忘れがひどくて……まあ、入ってえや」

陽一は一瞬何もかもがだめになるかと感じたが、思い出してくれてほっとした。フローリングの個室には驚くほど物が少なかった。窓からはススキときりん草でいっぱいの休耕田が見えた。

「茶でも飲むか？……ここは酒飲んだらあかんから」

「どうしてですか？」

「ぼけがひどなるんやと」

陽一は気の毒そうにうなずいた。部屋を見回すと、たんすの上に飾ってあった写真立てが目に入った。古そうな白黒写真は孝太郎が小学生のころに撮ったものだろうか？　丸坊主の少年は日に焼けているのか、顔が汚れているのか分からなかったが、いたずらっぽく笑っていた。

「信じられへんやろ」

彼は写真を見ている陽一に気づいて言った。

「何歳ですか？」

「八歳くらいかなあ」

「農場ですか？」

「ちゃうよ。うちで撮ってもうたんや。どこやと思う？」

「この辺ですか？」

「九条大橋のすぐ側にうちの養鶏所があったんや」

「そうなんですか。僕も今八条口の近くに住んでます」

「ほんまにー。どの辺や？」

「河原町通りと高瀬川の間に、円形の滑り台がある公園があるんですけど、そのすぐ隣のアパートに住んでます」

「あー、だいたいどこか分かるわ。ほんまに偶然やなあ！」

「でも周りに何もないじゃないですか？」

「そうや。うちらの隣の養鶏所と高瀬川の側にあった大きな牧場以外、民家は何もあらへんかった。周りに見えんのはネギ畑や」

陽一は現在の様子を思い浮かべながらじっくり写真を眺めた。

「子供のころ、わしは鳥のにおいがして『臭い』って冷やかされとったから、養鶏所がつぶれたときは正直言ってほっとしたんや」

「どうして養鶏所がつぶれたんですか？」

「雛《ひな》が伝染病にかかって全部死んでもうたんや。鳥でも病気にかかったら涙出すわ、鼻垂れるわ、もう見てられんかった。ほいで夜になると何百羽がいっせいに『きゃーんきゃーん』って鳴きまんにゃ。近所からしょっちゅう苦情がきとった」

「よっぽどうるさかったんですね」

「それが不思議なことに昼は案外鳴かんかった。でも二、三羽かかるとあっちゅう間に全部に移って死んでもうたわ。近くで素人はんが飼っとったとこがあったさかい、移らんようにに段ボール箱に入れて、火葬場で焼いてもうたん覚えてるわ。かわいそうやったなあ。人が伝染病でこんだけ死んだら、誰も冷静にしてられんやろ」

陽一はうなずいた。

「うちらは食卵やなしに雛にするために飼うてたから、五十羽ほどのメスにオスを二羽入れて育てとったんや。生まれんかった卵は、缶詰にするために売ったり、料理屋に持ってったりしてなあ。三日にいっぺんくらいは円町に雛を孵《かえ》さはるとこがあって、そこに卵を届けに行っとった」

「大変でしたか？」

「今の子供にわしらがやったことをせえってゆったって無理やろ。朝五時に起きて、何十羽の鳥に餌やったり、水ばちをきれいにしたりしてから学校いきまっしゃろ。ほんで三時ごろまで宿題やってへんから立たされて、帰ってきたら水も餌もあらへんから、手伝わなあかん。糞とかを掃除した後、夕方になったら、卵の配達もせなあかんかったし、一日中働いとったわ」

そう言って孝太郎は大きな声で笑った。

「よく笑ってられますね」

「そりゃ嫌やったけど、手伝わんとめし食わしてもらえへんかったさかい、しようがなかったんや」

夕日が少し部屋に差し込んできて、老人は窓の外をぼんやり眺めて言った。

「わしが育った近くで住んでるなんて、何かの縁やなあ」

「ほんとにそうですね」

「でも今、わしの育った風景は想像できへんやろな」

「写真を見てびっくりしました」

「まあ、何もかも変わったわけちゃうけど。わしは子供のころから鴨川がすぐ横にあったさかい、よう遊んだんやけど、当時は土手がなかったんや。そやから大きな水が来たら腰んとこまでつかってもうた。三年にいっぺんぐらいは水浸しになって、急いで鳥を棚に上げなあかんかったんやけど、鳥ちゅうやつはほんまにばかで、上げたらすぐにまた地面に下りようとするんやわ」

「溺れてしまうんじゃないですか？」

「羽の裏に水がついたら、よう上がらへん。百羽おって助かんのは二十羽くらいやで。ほんで九条の橋ありまっしゃろ、あれに材木が引っかかって、水がせき止めになるんですわ。ほ十《とう》くらいのときにじいさんに『水見てこいって』って言われて見にいきまっしゃろ、ほんなら家の横の道に川の水が溢れはじめて、家まで流れそうになってたさかい、走って帰ろうとしたら、わしより水のほうが先に来よる。早かったでっせ、川の水が溢れるときは」

「よく流されなかったですね」

「わしはやんちゃやったから川で遊ぶんは大好きやったけど、さすがに水の勢いが早いときは、危ないから行きゃしまへんでしたわ。あれは怖いで」

陽一が知っている鴨川は水が少なく、岸辺には雑草が生い茂っていたので想像しがたかった。

「最近は実家に戻ってないんですか？」

「ぜんぜん帰ってへん。外出がなかなか許されへんにゃ」

「そうなんですか？　ここはケアーハウスだから出入りは自由だって聞いてましたが……」

「そやけど、先生が、『一人で出えへんほうがいい』って言うんや……わしはぴんぴんしとんのに」

「そうですよね」

「まあ忘れっぽいからやろな……そや、おたくが八条口の周辺に住んでるんやったら、高瀬川の周辺の写真を撮って持ってこれへんか？」

「いいですよ。何を撮ればいいんですか」

「なんでもええけど……そやなあ、古そうな店とか家撮ってえなあ。多分写真見たらすぐどこか分かるさかい」

陽一はもっとゆっくり話したかったが、理恵が待っているのを思い出し、「そろそろ帰らないといけないので」と言った。次に会うときまでに、陽一はアパートの周辺の写真をできるだけ撮ろうと思った。

三

陽一が佐藤孝太郎の部屋を出てロビーに戻ると、理恵がノートに何か書き込んでいた。

「どうだった？」

「まあまあですかね」

「いいのよ。そんなもんで。このホームにいること自体が楽じゃないから」

「最初は僕が誰か分からなくて、思い出してもらうのに苦労しました。言ってることは筋が通ってるんですけど、戦後のことばかり話してくるんで」

「別にいいんじゃない。誰もがこだわる人生のチャプターってあるでしょ。あなたが彼の立場だったらどうする？　佐藤さんのように、自由の利かない施設にいて、遠くない未来にはかなり深刻な結末が待ちかまえてる。そうだったらせめて懐かしい過去を振り返りたくなるんじゃないかしら」

「そうですね」

「傾聴っていうのは絶妙なバランスがないとうまくできないと思うの。佐藤さんを理解するには、もっと彼の過去を知らないといけないけど、一方では土足で彼の心に踏み込まないように気をつけないと。プライバシーの侵害になったら困るでしょ。これからは少しずつ佐藤さんがどうして昔の話ばかり繰り返するのか、分かってくると思う。でもどんなことを言われても、受け入れる心構えが必要だと思うわ」

「難しいですね」

「でも、やりがいがあると思わない？　あなたのやろうとしてることは看護師でもなかなかできないことなのよ」

二人はケアーハウスを出た。

「暗くなってきましたね」

「そうね。今晩はどうするの？」

「もう遅いんで弁当でも買って帰ります」

「そう、それじゃ、うちに寄っていったら？　昨日お鍋したんだけど、まだいっぱい材料があまってるの」

「いえ、そんな急に行ったら迷惑でしょ」

「ちっとも迷惑じゃないわ。たいしたものは、作らないけど」

「本当にいいんですか？」

理恵がうなずいたので、陽一は彼女の住んでいる鴨川沿いのマンションに寄せてもらうことになった。彼は気遣いだと思ったが、理恵がどんなところで生活しているのか興味もあった。車で四十分ぐらい行ったところのマンションに着き、彼女の部屋のある二階に上がった。理恵がドアを開けると、玄関は飾り気がなくこぢんまりしていた。

二人を出迎えたのは、しわの目立つよく日焼けした白髪まじりの女性だった。

「今日もお鍋にしようと思って誘ったの。こちらはうちのサークルの陽一くん」

理恵が紹介すると、粗末なズボンをはいた五十代のおばさんがにっこりお辞儀した。

「純子さん、豆腐は足りてたっけ？」

「たっぷりはないけど、うちはそんなに食欲ないから」

「大丈夫？」

「なんでもないって。昨日久しぶりに飲んでもうたから、今朝までちょっと頭がいとうて
……」

「いいんじゃない、たまには楽しんだら」

そういって理恵は冷蔵庫から雲海を出してきて、「お酒は飲める？」と陽一に尋ねた。

「はい、父が強かったんで、その血を受けついでるのかもしれません」

「そりゃ愉快」

火をつけて鍋がぐつぐつ煮えはじめると、理恵は「なんでも好きなだけとって」と言いながらそれぞれに焼酎をついだ。

「先生に前から聞きたかったことがあるんですけど……」

「何よ、急にあらたまって、先生って呼ばない約束だったでしょ」

「すみません。でもどういうきっかけでこのサークルを立ち上げようと思われたんですか？」

「大した理由なんてないわ……まあ、少しおかしいと思っただけよ。まじめそうな若者がいっぱい集まってたら、普通何ができるかって考えるでしょ？」

「まあそうですね」

「恵まれてるから大学に行ってるんじゃない。何やかんや言って、うちの学生はみんな男女の交際と就職のことしか考えてないように見えたの……私がこの活動にかかわったきっかけはやっぱり幼児体験かしら」

「小さいころから何かボランティアされてたんですか？」

「そうね、幼いころに他人の痛みが分かるような体験をしたかどうかが影響あるんじゃない？……あなたも何かそういう体験をしたことがあるんじゃない？」

「そうかもしれません。小さいころに大阪に行ったとき『あいりん地区』の様子を見て、その光景が今でも忘れられません」

理恵は真剣な表情で純子のほうを見た。

「そうじゃないかと思ったわ。守られてきた環境で何不自由なく育った人は、自分自身の幸福さに気づいてないってことがあるでしょ。でも人との出会いが人生観を大きく揺さぶることもあるじゃない。私が行った保育園は浄土真宗のお寺がやってて、そこの園長先生は七十代の住職さんだったんだけど。今はみんな『税金を払わんくそ坊主』って僧侶のことを罵るけど、その園長先生はいつも素朴でにこやかで、園児がどんないたずらしても一度も怒ったのを見たことがなかったわ。今になって思うけど、園長先生はお坊さんなのに、クリスマスにはサンタさんの赤い服を着て子供たちにプレゼントを配ってたの」

いつもシヴィアな彼女の表情も過去をたどって和らいでいるように陽一には見えた。

「私のうちもいろいろあってお金に困ってたんだけど、園長先生がお金があんまりない家族に保育料を免除してたって、大きくなって母から聞いたの。そして、葬儀代が払えない家族のためにも無料でお葬式をやってたらしいわ。今じゃなかなか考えられないでしょ？」

「ほんまやねえ」純子が理恵に酒をついで言った。

「そのころは私もそんなことは分かってなかったけど。はっきり覚えてるのは、年長さんだったころに、みんなで山のほうにあった施設に歌を歌いに行ったことがあって、園児には知られちゃいけなかったらしいんだけど、どういうわけか、私はその場所が刑務所だって知ってたの……窓のない暗い部屋だったけど、囚人の顔ははっきり覚えてるわ」

「怖くなかったですか？」

「全然、みんなどこにでもいるおっちゃんだったわ。それにどんな人が刑務所に入れられてるか分かってなかったし。大学院のときはボストンの大きな拘置所で隔離されてる囚人に手紙を書く活動に参加したけど、あの園長先生に出会ってなかったら、そんなことに興味をもたなかったと思うの。たぶん普通の人みたいに、『囚人は犯罪を犯したから拘束されてる人間のクズだ』って思ってるんでしょうね……本当にばかみたい」

「どうしてですか?」

「だって囚人と普通の人の違いなんて、悪いことがばれてるか、ばれてないかの違いだけじゃない?」

「えー?　でも普通の人はそんな悪いことやってないですよ」

「まあそうね、誇張して言ってるの。でも不倫したら石でたたき殺される社会だって存在するのよ。日本でそんな法律があったら人口がどれだけ減るの?　人それぞれの過失に大小はあるけど、罪深いことに変わりはないわ。なのにどうして他人を裁く権利があるの?」

理恵が声を強めたとたん、台所の電話が鳴った。彼女が急いで立ち上がると、お猪口《ちょこ》から酒がこぼれた。

「あ、ごめんなさい」

理恵の姿が見えなくなると、純子がテーブルを拭きながら、陽一に言った。

「難しい話は分からんけど、間違っとると思うことも、ちゃんと聞かなあかん……先生はきついこと言わはるけど、言ったことは必ず実行する人や」

お手伝いさんにしてはがさつだし、お姉さんにしては年が離れすぎていて、おまけに顔も似ていないので、陽一は先生と純子の関係がますます分からなくなった。

「うちは理恵が『一緒に住まへんか』って誘ってくれたとき、どっかのあやしい宗教団体の回しもんかと思うて、信用できんかったけど……一緒に暮らしてみたら、ほんまに熱い人やって分かったんや」

「どういうことですか？」

「うちもいろいろあって、八条口周辺の路上で生活しとったとき、『自立できるまで家においでよ』って声かけてくれたんや。普通赤の他人にそんなことせえへんやろ？」

「え？」

「何を二人でこそこそしゃべってるの？」

理恵がするめと熱燗をお盆にのせて部屋に入ってきた。

「あんたがおっちょこちょいやって笑ってたんや」

「ごめんなさい」

理恵は口をへの字にした。

「それで何の話してたっけ？」

「拘置所で歌ったことをゆうてたやん」

純子が笑って言うと、

「あ、そう、そう、とにかく園長先生が連れていってくれた刑務所で合唱したときに、はっきり覚えてるのは、一番前の列に座って聞いてたおじさんが子供のように顔をしかめて泣いてたこと……」と理恵はゆっくり話しはじめた。

「そやろなあ」

純子がうなずいた。

「何の曲を歌ったんですか?」

「それがまったく覚えてないの。変よね。そんなにうまくなかったはずだけど。でも聞いてるおじさんの強い感情が込み上がってくるのを、子供ながらも鮮明に感じとったんでしょうね……」

話を聞きながら純子は熱燗を飲み干して、別の酒を取りに冷蔵庫に行った。理恵は延々と話し続けたが、陽一は飲みすぎて、その後誰が何を言ったか覚えていない。

四

貸出し期間を過ぎた『Rise and Fall of the British Empire』（イギリス帝国の台頭と衰退）という本を返すために、陽一は図書館に向かっていた。アスファルトは黄色いイチョウの葉で埋まり、銀杏《ぎんなん》の匂いが漂っていた。陽一が大学の裏門から入ると、キャンパスの隅のほうから笛の音が聞こえてきた。角を曲がると、わりと背の高いメガネをかけた男が、篠笛を吹いているのが見えた。そしてすぐ側には黒髪をなびかせて聴き入っている真紀の姿があった。

陽一は立ち止まった。黒いジーパンの男が、節を吹き終えると、真紀は少女のようにえくぼを見せて笑った。何を言っているか陽一には聞こえなかったが、彼女はテンションの高い声ではしゃいでいる。しばらくすると、今度は真紀が篠笛を吹きはじめた。彼女もなかなかうまかったが、男は真紀を止めて指使いを指示しはじめた。男が真紀の長細い指に触れているのを見ると、陽一は耐え難くなって、その場を去った。しかし二人は陽一の存在にまったく気づかず、向かい合ったまま吹き続けているようだった。

それから数日間、陽一はほとんど眠れなかった。毎日講義には出ていたが、授業がまったく耳に入らない。それまでは頻繁にオーケストラのホームページをチェックしたり、コメントを書き込んだりしていたが、陽一は急に自分の行動がストーカーっぽく感じられ、ぴたりとやめた。秋のリサイタルが近づいているのでチケットは買っていたが、実際行くかどうか決められなかった。ステージの上でフルートを吹く真紀のはなやかな姿を見れば、また感情が高ぶってしまう。

陽一のような特にとりえもない中年顔の男が、真紀のような才女と仲良くできると思うこと事態がばかげていた。このままエスカレートして、ストーカーのような人間になるくらいだったら、いっそのこと大学をやめてしまったほうがいいと陽一は思った。

こうした日々を送っているうちに、サークルの集まりの日がやってきた。陽一は以前のように乗り気にはなれなかったが、お昼に食べるパンの袋をぶら下げて、三階の研究室に行くと、洋子が大きな包みをかかえて廊下で一人で立っていた。

「鍵がかかってるから入れないの。先生はまだ会議だと思うけど、和樹からもメールがあって、先に食べといてって言ってたわ」

「そう」

「なんか元気ないわね」

「別に……そんなことないよ」

洋子はピンクのロングスカートに白いカーディガンを着て、いつもどおり明るかった。最初に会ったときは、サークルの先輩として親切に教えてもらっていたが、同じ年だったので最近では、陽一はかなりくだけて話せるようになっていた。

「ねえ。こんな秋晴れに、暗い廊下で待っててもしようがないから、外に食べにいかない？」

陽一が返事をする間もなく、洋子は彼の袖を取って階段のほうに連れていった。洋子が言ったとおり、外は爽やかな青空で、十一月にしては、まだ暖かく過ごしやすかった。彼女にひっぱられ二人は人けのないウッドデッキまでやってきた。すると洋子は持っていた風呂敷包みを広げて、二人が座れるくらいの場所を作った。

「十一月でも、外で食べれるって素敵じゃない？」

「そうだね」

「陽ちゃんって本当に変だね。十津川出身なのに、標準語で話すんだもん」

「ごめん、ごめん、つい癖がとれんようになってもうて」

「別にいいけど……面白いから。今日ははりきって多めにお弁当作ってきたの」

そう言って彼女は重ねてあった三段式のお弁当箱を披露した。

「すっごーい！」

まるでお節料理のように筑前煮や炊き込みご飯や、エビフライなどさまざまな料理が彩り豊かにつめられていて、陽一は驚かずにはいられなかった。

「陽ちゃんっていつもサークルの集まりで菓子パンばかり食べてるでしょ……」

「ありがとう」

「菓子パンの包みを読んだことある？　添加物や保存料がいっぱい入ってるのよ」

陽一は持ってきたクリームパンの袋の裏を見た。カタカナで書かれた添加物の名前を読み上げたが、どういう物質かまったく分からなかった。

「添加物には体内にずっとたまって、それがもとでガンになることだってあるのよ。今度調べてみたら？」

陽一はうなずいてカバンにパンをしまうと、新鮮なレモンをエビフライにかけた。

「最近週末は何してるの？」

「別に。部屋にこもって勉強してるかなあ」

「だめじゃない。今は一番いい季節なんだから。紅葉見に行かなきゃ」

「でももうすぐ研究室を選ばないといけないし、いろいろ調べないと。嫌な先生の下についたら大変やから」

「そんなのどうだっていいじゃない。今しか京都にいられないんだから、もっと庭園とかお寺見にいかなきゃ損よ」

「そうかな？」

「そうよ。大原にある宝泉院行ったことある？」

陽一は首を振った。

「竹やぶに囲まれてて市内にはちょっとない、珍しい山寺よ。たいていの観光客は素通りして三千院のほうにいくから、いつもそんなに混んでないの」

「詳しいんだね」

「もう三度は行ったかな。季節によって雰囲気ががらっと変わるから、厭《あ》きないの。もうすぐ夜のライトアップがはじまるでしょ。行灯《あんどん》に照らされた庭園は、例えようもないくらいすばらしい幽玄の世界になるのよ。今度一緒に行ってみない？」

＊＊＊

二人が外で話している間、和樹は理恵の研究室の前で待っていた。二十分経っても誰も来ない。洋子にメールを何度かしたが、返事が返ってこない。あきらめてそろそろ帰ろうかと思っていると、カタカタとヒールの音を廊下に響かせて理恵が走ってきた。

「ごめんね遅れて。会議が長びいてしまって」

理恵は鍵をガチャガチャと慌しく開けて、ソファーの上に赤紫のショールをぽんと置いた。

「どうしようもない偏屈教授ばかりで、話にならないわ。たかがオンラインシラバスの入力方法みたいな単純なことで、意味のない議論を何時間も繰り広げる『ばか』がいて、結局何が決まったかといったら、クラスの名称一つだけ……あなたはオンラインシラバスでどの授業を取りたいか決めてる？」

「正直言ってあんまり見てないです」

「そうでしょ。だってあんなものは、文科省を意識して書いているだけで、実際授業でやってることとは違うことが多いもの。うちの大学なんかは、援助がないとやってけないから、文科省ばかりにご機嫌うかがいして、独自の理想を掲げるなんてことがまったくできてない。教授もほとんどノイローゼの臆病者ばかり。文科省に指摘されるのを恐れて、何かといえば『責任』だの『情報セキュリティーの問題』だのって、まるで『怒られるよおー』って怯えてる負け犬のようだわ。今日の会議だって最低よ。停年退職を夢見て寝てばかりいる白髪頭のなまけもの、たいした実力もないのにヒステリックで、なんでも自分のやり方を通そうとするゴリラ、人が話してるのに目も合わせようとせず、資料を見てるふりをする腰抜け猿。みんな自分のことばかり考えて、若者を見下してる。そんな教授たちばかりで、うちの学科はまるで動物園よ。こんな連中とどうやってまともな改革ができるっていうの！」

「やっぱりうちの大学の教授はだめですかね？」

「教授がだめなんじゃなくて、彼らの受けた教育が脳を腐らせてるのよ。みんなマニュアルどおりにしか動けないアンドロイドになってしまったのかしら」

そう言って理恵はリモコンでラジカセをつけると、お気に入りのホイス・シルバーの

「Song for my father」が流れはじめた。

「ごめんなさい。傾聴させちゃったわね。大げさに言ってるだけだから、気にしないで……」

「でも言ってることはよく分かります。僕ももっと頭がよかったら、もっといい国立大学に行けたたと思います」

和樹は少しためらいながら答えた。

「十分頭いいじゃない」

「そんなことないですよ。行きたかった大学のために三年浪人したけど、結局自分がみっちり予習してたところが出なくて、だめでした」

「それはあなたがだめなんじゃなくて、大学の試験が、落とし穴だらけのひねくれ問題ばかりだからよ」

「でも毎年何千人という受験生が突破して名門国立大学に合格してるんですよ」

「その人たちはＩＱが高いだけ。限られた時間内で複雑な問題を解くには、特別なスキルが必要だけど、それだけで人の進路を図るのはどうかしら？　それに東京が誇る国立大学の受験問題は、教授でも解けないことがあるわ。私もときどき新聞に出てくる入試の『歴史』や『英語』の問題をやってみるけど、ひどいもんね。歴史で問われるのは、現代とは関係のない古代、中世の封建制度の細かいことや人名、それと年代や官僚の名称。英語なんて分かりにくい文章の和訳をさせて、そのせいで、未だに日本人はなんでも訳せずにはいられない。何度も言ってるでしょ、訳して考えてたら、いつまで経っても英語は話せないって」

「そうですね」

「英語は日本語と同じで進化し続ける言語なの。動詞の活用や不定詞の用法みたいなことばかり強調してたんじゃ……」

「僕も試験問題の形は変えたほうがいいと思いますよ」

「入試だけが問題じゃなくて、試験中心的な考え方そのものを、抜本的に変えないといけないと思うの。小さいころに虐待を受けた子供が、一生トラウマをひきずるように、入試のために幼いころから受験だけを考えて生きてきた人は、大人になっても、他人を数字や学歴でしか測れない。企業や政府が、細かい制度的な問題ばかりにとらわれて、なかなか広い視点を持てないのは『受験依存症』みたいなものよ。マクロ的視野で物事を見るのが苦手なのは、国民性じゃなく、受験や厳しい年功序列社会から抜け出せないからだと思うの」

「先生はなんでも受験のせいにしますけど、ほかの国だって同じようなことをしてるんじゃないですか？」

「そうね。お隣の韓国や中国も厳しい入試があるわね」

「日本の入試も科挙からきたんですよね？」

和樹が得意げに言うと、

「あなたは科挙の問題を実際に見たことがあるの？」

理恵はゆっくりと話しはじめた。

「そりゃ科挙を受けた人たちは、今の受験生に負けないくらい多くのことを理解し、覚えないといけなかったけど、当時は試験の形がまったく違ったの。入試のように細かい落とし穴問題じゃなくて、四書五経などで学んだことをいかして、倫理や政治にかかわる問題を論文形式で答えさせたの。今でいえば、形式が決まったエッセイテストのようなものね。だから、暗記がすべてだったわけじゃなくて、物事を深く考え、洗練された文章を書くことができる人が、合格者として選ばれたの」

「でも科挙そのものが、その時代の若者の人生を大きく左右したっていう意味では、今日の入試と同じではないですか？」

「それはそうね。ただ『士農工商』が定着してしまった江戸時代には、農民が試験を受けて高い位につけることは絶対にありえなかった。私が言いたいのは、Intelligence にはもっといろんな形があるってこと。つい最近まで日本を支配してきた与党の政治家たちには、いい大学を出てる人もたくさんいたけど、本当にこの人たちが主婦やお年寄り、障害者や普通のサラリーマンの立場に立って物事を考えてると思う？　中曽根は八十年代に国の景気が絶好調だったころに、長期間総理の座にいながら、最低限の衣食住を提供する社会保障制度の基盤を固めなかった。この無責任な総理は最近まで過失を認めず、裏で政治を動かしてきたの。あなたは覚えてないかもしれないけど、数年前に高齢の国会議員の定年制度を導入しようとしたとき、中曽根総理は断固として辞めようとせず、裏で日本の軍事化や改憲を促してきた。これが本当の政治家の姿ね」

「はあ」

「政治家がどんな自分勝手な生き物か知らないと。彼らはお金があるから普通の人の不安や危機感が理解できないの。戦争を体験した世代が、年金を月三十万近く貰っているっていうのに、今退職したばかりの団塊世代は、月五万ぐらいしか貰えない。あなたが退職することに、たとえ貯金が二、三千万あったとしても、長生きして、大掛かりな手術を受けたりすればお金がなくなって、食べていくのがやっとになってしまう。はっきり言って年金が五万以下だったら生活保護と変わらないし、皆が生活保護に頼っていたら制度がつぶれてしまう。好景気に有権者が高齢者社会のことも考えず、戦争を経験した世代に払いすぎたからと主張する経済学者もいる。このまま日本がいつまでもアメリカにしがみついていたら一緒に沈んでいくわ」

「どういう意味ですか、それは？」

「近代イギリス史の授業を受けたでしょ？」

「はい」

「アメリカっていう沈没船は十九世紀のイギリスとまるで同じ水路をたどっているの。あの時代のイギリスは世界一の富強国家だったけど、ロンドンでは子供や妊婦までもが一日十時間以上働かないとやっていけなかった。植民地でぼろ儲けした成金は、召使いを何人も雇って人生を満喫し、雇われたメイドたちは結婚できずに死んでいった」

「ひどい話ですね」

「保守的な議員に国を任せ、植民地主義に近いグローバル化をほおっておくと、格差社会がひどくなるばかり。こういう政治家が君臨し続けてきたから、不況の今、失業者は家賃を払えなくて住むところがなく、食べものすら得ることができない。堕落しきった政党は選挙前に勝つために、急に低所得者や失業者向けの住宅を提供しはじめたでしょ。選挙がなかったら、彼らが手をさしのべると思う？」

　和樹は下唇を噛んで首をかしげた。

「ホームレス支援政策に関しては『日本は発展国の中で最低だ』って海外のメディアから言われてることは前にも話したでしょ。世界規模で見ると、日本はこれほど裕福な国なのに、野宿している人が支援センターでたまにしかカンパンやお粥が貰えないのはおかしすぎると思わない？　私がボストンのスープキッチンでボランティアしてたときなんて、失業者にシチューやパンや野菜を朝と晩に配っていたのよ。しかもプライベートな資金で集められてたから、州や国から何の援助も受けてなかった。さっきの話に戻るけど、この問題も日本の場合、受験中心の教育と関係があるの。今の受験じゃ、ＩＱが高い人を見分けることができるかもしれないけど、他人の苦しみが共感できる人間は育たないと私は思うの」

「それじゃ先生が文科省の役人だったら、入試を廃止するんですか？」

和樹はあちこちに脱線する理恵の話に疑問を感じた。

「当たり前よ」

「そしたら国内の名門大学はどうやって優秀な人材を集めるんですか？」

「もっと総合的な方法で選ぶわ。文科省だってハーバードやオックスフォード大学の学生の選択方法を知ってるけど、模倣しようとしないのよ。それより、あなたはどうして日本の名門大学をそんなに理想化するの？……あなたがあこがれてる日本一の名門大学の世界ランキングを知ってる？」

和樹は首を振った。

「私も具体的な数字はそこまで信頼してないけど、前見たときは三十何位だったわ……なぜだか分かる？」

「いえ……」

「今度暇があったら名門国立大の教授の出身大学を見てごらんなさい。学科にもよるけど、あなたの行きたかった東京の名門大の場合、多くの先生が、自分の出た大学で勤めてるのよ。それがどういうことなのか分かる？」

「………」

「そこの学生は、みんなたいていは三回生でゼミを選び、四回生のときに卒業研究を指導してもらう。そしてひき続き大学院で同じ教授の下で、さらに何年もその先生の『考え方』や彼が所属している『学派の思想』を学ぶ。普通だったら何年も同じ人と研究してると、その先生の偏見が見えてくるはず。考えてごらんなさい。五年も六年も同じグループと研究するのは不健全だと思わない？」

「そりゃそうですけど……」

「院生同士のつまらないいじめがあったり、勝手にばかげた『しきたり』を作ったり。名門大学の研究室内のいやがらせや、いじめが原因で鬱になったり、自殺した学生や研究者のうわさがときどき耳に入ってくるわ」

「ほんとですか？」

「うそ言ってどうするの？　会社だって職場の雰囲気を改善するために一、二年に一度は必ずオフィス空間をアレンジしたり人事異動をしたりするでしょ。でもうちの大学はおろか、日本の名門国立大学でも助手になるために、みんな気に入られようと、教授にぺこぺこしてる。そして何年も文句を言わずに、忠実に仕えてきた『教授のコピーロボット』みたいな研究者が跡継ぎに選ばれることが多いの。まるでつまらない『歴史ドラマ』の主従関係みたいだけど、思想の自由が求められるグローバル社会では、このやり方がだんだん通用しなくなってきてるわ」

「本当にそこまで世襲的なんですかねえ？」

「うそだと思ったら、自分で調べてみたら。別に欧米のやり方がすべていいって言ってるわけじゃないけど、アメリカの名門大では新たな視点を得るために、ほとんどの院生が別の学校に行って違う先生について学んでる。私の卒業した大学なんて、卒業後同じところで『院』に行って助手になった人なんて聞いたことがないわ。みんな自分が博士号を得た学校とは別の大学に申請して、多くの優れた教員と競争して、実力のある人が助手になることができるの。日本のように、先生に気に入られた弟子が、跡を継ぐなんてことは考えられない。こんな世襲的なやり方で教員をそろえてるから、いつまで経っても世界一流レベルになれない。本当に井の中の蛙《かわず》ね」

「そんなにレベルが違うんですかね？」

「天下の東京名門大ってラッパを吹いて世界にアピールしてる学者はいるけど、実力主義じゃないから仕方がないわ。私の卒業したハーバードも、五年に一人か二人は必ずノーベル賞を受賞してたし、その人数は今まで日本人が受賞した数をはるかに凌駕《りょうが》してる。別にノーベル賞がすべてってわけじゃないけど」

「じゃ先生は名門国立大学には優秀な研究者がいないって言うんですか？」

「そんなことないわ。名門大学に限らず、普通の私立大学や短大にも、すばらしい学生や研究者がいるって言ってるの……そんなに私の言ってることが信用できなかったら、青春18きっぷでも買って、東京の名門大学を見てきたら。講義だってもぐり込めるし、向こうの学生を観察したかったら、食堂でお昼でも食べるといいわ。どこにもいそうな恋愛やクラブに夢中の大学生よ……いや、ひょっとすると受験勉強のしすぎで社会性がないから、普通以下かもしれない」

理恵はきっちりそろった歯を光らせて話を続けた。

「友達が働いてて教えてくれたんだけど、多くの学生が変にプライドが高いわりには、単位のことばかり考えて、まじめに勉強しないって。別に私の言っていることが狂ってるって思ってくれていいんだけど、これだけは理解して。名門大学に入ったから『勉強しなくていい』と思って親の金を無駄遣いして、遊びほうけている学生よりも、専門学校や短大でもいいから何かを目指して一生懸命努力する若者のほうが、どれほど魅力的か。だからあなたのやってることはすばらしいわ。自信を持って」

彼女の最後の言葉が予想外だったので、和樹は驚いた。

「『人の苦しみや喜びを共感できるよう励む』って口では誰でも言えるけど、実際施設に行くと本当に難しいって分かるでしょ。私もときどき死を待つお年寄りの目を見つめてると、そこには不安と安らぎが入り混じった、何ともいえないオーラを感じるの。大学教授や医師のようにどんなに研究成果を発表して周りからちやほやされても、スポーツ選手やアイドルのようにみんなのあこがれの対象になったとしても、最後は誰でも孤独だと思うわ」

どうして先生がこのような結論に至ったか、和樹には分からなかった。でもこれ以上彼女と議論したいと思わなかった。

「洋子と陽一はもう来ないいんでしょうか？」

「いいんじゃない。たまには二人で話すのも……」

＊　＊　＊

和樹が去っていった後、理恵はソファーにもたれて曇り空を眺めた。そしておもむろに立ち上がってティーカップを洗いはじめた。

「いつも意見が食い違う」

まあ仕方がないのかもしれない。教育や受験に関しては、他国のやり方や事情を知らないのだから。それでも和樹の言葉を思い返すと、理恵はため息をつかずにはいられない。一方的にしゃべりすぎたのは、理恵が悪かった。話の内容が何であれ、押し付けがましいのは否定できない。

和樹がまじめで、はっきりした意見をもっていることは嬉しかったが、一途なところが気がかりだった。いい風に言えば理想主義だけれども、人が良すぎるために流されやすい。だからこんなサークルに入るのかもしれないと彼女は思った。

三年前にサークルに入ったとき、和樹が自己紹介で、趣味はテレビを見ることとくらいだと言っていたことが理恵の頭をよぎった。よく考えてみるとマスコミの情報をけっこう鵜《う》呑《の》みにしているのかもしれない。高校のころはニュースキャスターになることが夢だったらしいが、テレビがマスコミの中でもっとも保守的で怪しい組織であることを理解しているのだろうか？　ＮＨＫは中立でクリーンなイメージを提供してきたが、国粋主義の影が潜んでいる。芸能人もザックバランな価値観をもった仲間のように見えるが、実際は堅苦しい上下関係に支配されている。やくざと変らないようなキャラクターがテレビ界で二、三十年も君臨し続けているのは、彼らの手がけた番組や映画が高い評価を得ているからではなく、危険な人物が傍らで見張っているからだと説明したかった。しかし理恵一人がいくら熱くなっても、曖昧で信頼性の低いメディアを情報源としている若者の視野を広げることは不可能なのかもしれない。

五

石原が仕事から家に帰るのはいつも五時半だった。愛車の白いベンツに鍵をかけ、ガレージをロックすると、玄関で妻の亜由美が出迎えてくれる。彼よりも十歳以上若い四十半ばのけっこうきれいな女性だ。石原は亜由美に目を合わせることもなく鞄を渡すと、リビングにある大きな水槽へ向かい、サーモンピンクとマリンブルーの熱帯魚に声をかけながら餌を入れる。そして側にあるレザーソファーにどっかりと座った。サイドテーブルには五つのリモコンがきっちりと並べられている。そこから新聞を無造作に取って、テレビ欄をチェックしていると、妻がいつものように、カプチーノを持ってくる。

その晩はたまたま何も興味深い番組がなく、夕食を待ちながらスポーツカー雑誌をパラパラめくって、気が向いたらカウンターの向こうで料理をしている妻に、今度買い換えてみたい車の型番や車内のデザインについての解説を読み上げたが、亜由美は生返事をするだけだった。

夕食は手作りのカルボナーラだった。石原は夕食をとりながら、その日に会った患者たちの私事を妻にまくしたてるように話した。「患者の個人情報に関わることを話してはいけない」とアシスタントに厳しく言っていたが、彼自身は毎日のように患者のさまざまな悩みを妻に話していた。その内容は、患者の異常な恐怖症から性的妄想にまでおよんでいた。石原にとって他人の強迫観念は、単なる現実逃避としか思っていなかったので、患者の悩みが自分に乗り移ったりすることは決してありえなかった。もちろん精神科医は患者の不安に左右されてはいけなかったので、石原の冷静な振る舞いを見習いたいと思うアシスタントはたくさんいた。しかし実際彼は他人の話を聞くとき、あまりにも平然、かつ横柄な態度を取っていたので、今まで苦情がなかったのが不思議なくらいだ。

周りの人は石原の落ち着いた雰囲気を、冷静で知的と思い、頼りにしている人も多かった。本当は石原自身、患者の頭の中の宇宙を垣間見ることすらできていないのに、あたかも彼らの思考パターンを熟知しているかのように振る舞っているにすぎなかった。「精神」という神秘的な領域には、容易に立ち入ることはできない。そのことを、石原も学生のころに習っていたはずだった。しかし、精神科医の仕事をはじめてから三十年ほど経った今、患者からちょっと話を聞いただけで、どういう病気かを診断し、その症状を抑える抗鬱薬や抗精神病薬を処方していた。

石原はアフターファイブに、仕事のストレスをかかえ込むことはまったくなかった。ほかのカウンセラーもMRI検査を行い、脳内のドーパミンの分泌数などを確認したりせずに抗鬱薬や抗精神病薬を処方している。主観だけで人をノイローゼと決めつけたり、強迫観念の症状を和らげる薬を飲むように促すことも少なくない。患者は一度こういう薬を飲みはじめると、十から二十キロ太り、呂律《ろれつ》が回らなくなって、社会から冷たい目線を浴びてしまうことが少なくない。石原自身も今までに何百人という人間を抗精神病薬なしには生きていけなくしていた。それでも、患者たち自身は何の疑問も抱かず、石原にすべて委ね、彼の指示なしには生きていけないようになっている。そうやって石原とその同僚たちは、どんどん傲慢になっていき、「薬を飲むのをやめたり、ちゃんと指示どおりにしなければ、病気はもっと悪化する」と患者を脅していった。

「悩み」というものは、どんなに検査しても容易に計ることができない。「だから心理学は、最も非科学的で主観的な分野になりがちだ」と自然科学の学者がよく訴えている。

石原も今まで何度か「統合失調症」と誤って診断したことがあった。友人のカウンセラーも「自閉症」ではない人を「自閉症」と診断し、何年間も強い薬を飲ませていたりしたので、石原は自分の過失を深刻なミスだと思わなかった。それどころか「自分は知人からも頼りにされ、いいアドバイスをしてるんだ」と確信していた。

友人が子供の受験で悩んでいるときも、自分の息子が使っていた参考書を、まともに目を通したこともないのに強く勧めたり、「息子の行った塾が一番いい」と勧めたりしていた。

彼の息子は東京の名門大学にストレートで合格していたので、石原の言うことを信じ、みんな納得していたが、実際は妻の亜由美のおしみない努力と、たまたま得意とするところが、試験に出たという運の良さの結果である。石原は、東京都知事の親戚だと言っていたが、事実かどうかはともかく、うぬぼれの強さを考えれば、信じられることだった。

夕食をすませると石原は四方本棚に囲まれた二階の寝室に上がった。亜由美と寝室を別にしてからもう十年以上が経っていたが、彼は夫婦仲が悪いと思ったことはなかった。別室にした主な理由は、彼が何よりも夜遅くまで読書をするのが好きで、電気をつけていると妻が眠れなかったからだった。石原はもともと性欲に関して淡泊だった。五十になっても二十代の男性のように髪がふさふさしているのは、男性ホルモンが大して多くなかったからかもしれない。周りの人からは、ハンサムで誠実な夫だと言われていたが、これは彼が禁欲的な男だからではない。昔から「性」に対してあまり興味がなかっただけだ。だから石原にとって、患者の性的な悩みは、まったく根拠のない妄想にすぎず、ほとんど理解することができなかった。

石原の夜の楽しみは、推理小説を読むことだった。イギリスの二十世紀初期の作品はほとんど集めていた。犯罪心理学が学生のころから好きだった石原は、自分が探偵になった気分で、犯罪者の心理状態を分析することが、何よりの楽しみだった。専門家の石原は、異常心理の中に潜むなんらかの合理性を見出すことが得意だと思い込んでいた。日常生活に刺激が足りないのか、犯罪者の思考パターンや動機について考えると、彼は時間が経つのも忘れ、不思議な空間に入り込むことができるのだった。

六

「この肉屋懐かしいなあ……このキムチの店もまだやっとんのか。夏暑いころ、ようここのおばちゃんが、水飲ましてくれたんや」

陽一は八条口周辺の古い店などの写真を四十枚くらいテーブルに並べ、佐藤孝太郎に見せていた。

「この九条大橋を渡ったとこの疏水の辺りは、すっかり変わってもうたなあ。戦後間もないころ、大きな陶器会社があって、そこに黒人部隊が駐屯しとったんや。わしらはやんちゃやったさかい、連れと一緒に塀を上って覗きに行っとった」

「そんな近くに駐屯してたんですか?」

「白人部隊は赤十字病院におって、黒人は鴨川渡ったとこの、この写真に写ってるアパートの所ら辺におった。夜の七時になると、兵隊がいっせいに出てきてなあ、鴨川の側や橋んとこにおったパンパンに声かけとったわ。たまにパンパンがうちにやってきて、じいさんに、『鳥小屋貸してほしい』ってせがんでなあ。じいさんは追い払っとった。でも、ばあちゃんが、何度かじいさんの目を盗んで鳥小屋を使わせてやって、おにぎりまであげとった」

「でも小屋の中には鳥がいたんでしょ」

「そんなんかもう取らへんかった。それが仕事やったから。アメリカ兵は、チョコレートやガムくれたし、わしは嬉しかったけど……一度だけ七時くらいに犬の散歩しとったら、赤いスカーフしたパンパンに止められて、『どうしても』って頼んでくるさかい餌蔵貸してあげたんや。十四歳やったから好奇心が強くて、餌蔵の穴から覗いたんやけど、暗かったし何も見えんかったわ」

「ばれなくてよかったですね」

「ほんまやなあ。でも月に一、二回くらいパンパン狩りがあって、巡査が鴨川周辺の取り調べしとった。そんときはさすがにじいさんも同情して餌蔵に隠れさせてあげたけど」

「いちおう不法だったんですね」

「今も似たようなことあるやろ。売春をやっとる場所を警察も知っとるけど、たまに取り締まるだけで、いつもは知らんぷりしとる。まあ、わしが思春期やったころは、みんな食べもんも金もあらへんかったし、多くの女はパンパンになるしかなかったんやろな。よう連れと川の側を歩いとったら、白人とパンパンがやったはった」

「そんなおおやけの場でですか?」

「そりゃ金のある将校は旅館に行ったと思うけど、普通のGIは金がなかったんやろなあ。とにかくかまわんと、やったはった。わしと連れとで、彼らがパンパンといちゃついてる最中に、川沿いの草の根っこを『ぎゅーっ』って引き抜いて、土がいっぱいついたまんま、思いっきり空高くほると、爆弾のように彼らの上に落ちて、あたった瞬間叫び声が聞こえてくるんがおもろうて。わしらは逃げて行ったけど、向こうは裸やさかい捕まらんかった……いつもいたずらしとったさかい、それを知ってる気前のええ兵隊は、『あっち行け』っちゅう意味で、わしらに前もってチョコレートかガムくれたんや。そいつらには、いたずらはせんかったけど。とにかく悪いことばっかりしてたさかい、じいさんに、『そのうちぶっ殺されっぞ』って叱られとったわ」

「怖くなかったんですか?」

「そりゃはらはらしたけど、スリル満点やったし。でも白人のほうが怖かったわ。友達が一度いたずらして、ぶん殴られて目が腫《は》れとったわ。黒人の兵隊のほうが愛想がよくて、チョコレートくれたし、わしらの間では人気があったんや。だからたまに黒人部隊が駐屯しとったところの塀上って、彼らが休憩時間にタバコ吸ってるときに上から、『チョコレートソルジャー』って叫んだら、ほるもんあらへんから、ポケットに入ってたガムやチョコレートを投げつけてきたんや。それをねろうて何回も行ったんや。ほんまに、おもろかったわ」

あまりにもむちゃくちゃな話だったので、陽一は傾聴していることなど忘れていた。

「あのころは食べもんを何とかして手に入れることばっかり考えとった。ようお寺でもいたずらしたわ。今はほんまに有名な観光名所になったけど、東福寺の坊さんもほんまに少のうてなあ、朝十時に饅頭をお供えしたすぐ後をねろうて、寺に忍び込んで取るんや。坊さんは捕まえんので必死やし、こっちは饅頭盗るんで必死で、ほんまにおもろかった」

「捕まらなかったんですか？」

「最初はうまいこといっとったんやけど、そのうちに坊さんも頭がようなってなあ。あるとき学校が終わってから連れと寺に忍び込んだら、『おーい山から猿が来たぞーっ！』って大きい声で坊さんが叫ぶから、焦って周りを見たんや。昔から猿は怖いって聞いとったさかいびっくりしたんや、ほんなら坊さんに囲まれたけど、ぎりぎり逃げきれたんや。でもその晩、じいさんに呼び出されて、『お前、最近東福寺行っとったやろ』って責められたさかい、本当のことを話したら、『坊さんが棒持って待っとるさかい、捕まったらどうされるか知らんで』っちゅうて餌蔵に入れられたんや……よう考えてみたら、たかが饅頭のために、閉じ込められたんやなあ。塩味で今みたいに甘なかったけど、それでも信じられへんほどおいしかった」

「どれくらい閉じ込められてたんですか？」

「そんときは二日くらいやったかな。朝から晩まで真っ暗で、学校も行かしてもらえへんかった」

「じゃ、何も食べなかったんですか？」

「餌蔵やさかい、生やけど小麦とかがいくらでもあったし。腹へったらなんでも食えるやん」

「寒くなかったんですか？」

「餌の袋の空いたんがあったさかい、それを下に三、四枚敷いてから、上から何枚かかぶって寝とった。まあ腹さえふくれたら満足やから、寒さのことなんて、なんとも思わへんかった。でも怖かったんは鼠《ねずみ》や」

「たくさんいたんですか？」

「ぬくいさかい、服に入ってきよんにゃ。じっとしてあばれんようにしてたら、自分から出ていきよったけど」

「噛まれなかったんですか？」

「シャツを抑えたら噛まれまっせ、わしは噛まれんかったけど……戦後は朝鮮人が家に来て『餌蔵の鼠捕らしてくれ』ってじいさんに頼んできたことがあったわ。あのころはなんとも思わんかったけど、どうやって料理したんやろなあ。食べもんがあらへんかったから、しようがなかったんやろ。うちは養鶏所やったさかい運がよかったけど……とにかく、慣れてもうたら餌蔵に入れられるんが、何とも思わんようになった。おたくは生の小麦を口に入れたことありまっか？」

陽一は首を振った。

「わしんとこの餌蔵には食べきれへんほど小麦があってなあ。味も何もおへんけど、十五分くらいくちゃくちゃ噛んどったら、皮とかが浮いてきまんねん。ほんでそれを吐き出したら、真っ白な実だけが残るんやわ。まあガムと同じ感覚ですわ。外で歩きながら口から出してピョーッて伸ばしとったら、近所の子供やらがついてきて『くれ、くれ』ってねだって来るんや」

「ずっと噛んでたものを欲しがるんですか？」

「『これは食べられへんにゃ』って言うんにゃけど、向こうはガムを知ってるさかい、同じように甘いもんやと思ってたみたいや」

「でも食べられるんでしょ」

「味がないだけで、そりゃ食べられまっせ。まあガムみたいにハッカの味はせえへんけど。学校で噛んどったら、先生にまで『くれっ』て言われたことがあったわ」

「えー！」

「もののなかった時分やったさかいなあ、先生が『お前の噛んでんのん、たまらんほど欲しい』ちゅったこともあった」

「でも汚いでしょ」

「いや、いや、そうやなくて、生麦を噛んでるって知ったはったさかい、欲しかったんやと思うで。飲み込まんでも噛んでるだけで腹が膨れる感じがしたし……」

「それは聞いたことがあります」

孝太郎が少年のように興奮しすぎて、疲れるんじゃないかと思い、陽一は「ちょっと用事があるので」と言って、暗くなる前にきり上げた。もし止めなかったら、彼はいつまでしゃべり続けたか分からない。

バイクに乗りながら陽一は老人が話してくれた戦後の八条口周辺の様子を思い浮かべた。戦争を経験した世代は、過去を掘り起こしたくないせいか、あまりあのころを詳しく語ってくれない。しかし、ものが本当になかったにもかかわらず、いたずらな少年にとってはそれなりの黄金時代だったのだろう。

七

「それなんや?」

佐藤孝太郎は陽一のジャンパーに何かついているのを見つけて、掴み上げた。六本足を死にもの狂いでもがいている茶色の虫をよく見てみると、カメムシだった。

「こいつら、人間が滅んでも、気にせんと繁殖し続けんにゃろな」

そう言って老人は、部屋の窓から指でピンと吹き飛ばした。

「バイクに乗ってる間、ずっとくっついていたんですかねえ?」

「いや、たぶんこの部屋にいたんやと思うわ。ここは年中暖かいさかい、どこにでもおる。この間なんか、わしがコーヒー飲んどったら、腐ったきゅうりみたいな匂いがして、カメムシがコーヒーの中で溺れとったわ。子供んころ、よう虫取りに行っとったけど、カメムシなんて絶対捕まえんかった。あの時分は、誰も山に入らなんだ。でもわしは、連れとカブトムシやゲンジボタルを探しによう行っとったんや。ほんで一度なあ、真夏の蒸し暑い日に、稲荷山に虫取りに行っとったら、足元ばっかりに夢中で、急に何かがぶつかってきて、倒れてもうたんや。信じられへんかもしれんけど、何かと思って上見たら、骸骨《がいこつ》が木からぶら下がってたんや。びっくりして、必死に山道を走って下りて来たわ」

「えっ！」

「それがな、うそやと思うかもしれんけど、たぶん山奥で首吊りした人が、そのままずっとぶら下がってたと思うんや。一瞬やったさかい絶対とは言いきれんけど、皮が剥がれて腕とあばら骨がばらばらになっとった。戦時中は、食料不足でほんまに大変やった。ほんで戦後は幹部だけが倉庫に貯めとった食品や物資を闇市で売って生活しとったけど、普通のやつは闇市で物を買う金もあらへんかった。そら自殺も考えるわ」

「近所の山で首吊りしてたんですか？」

「死体なんて山に行かんでもあったって。九条大橋ありまっしゃろ、橋渡った疎水の横んところ見たら、軍服姿の死体が何ぼでも転がってたで。警察も引き上げにこおへんかったし、蛆虫《うじむし》が涌いて、しまいに野良犬に喰いちぎられとった」

「飢え死にしたんですか？」

「それもあったし、自殺した人もおったと思う。それに、あのころはみんな山がぶっそうやと思とったさかい、わしらみたいなやんちゃ坊主くらいしか、入らんかったんかもしれん。死体見るんは、そんなにびびらんかったけど、さすがに骸骨に抱きつかれたときは、たまらんかったわ」

「だいぶ前に首吊りしてたんでしょうかね？」

「あんな姿になるまでは、何年かはかかったと思うで。まあ戦時中に首吊ったんやろなあ。わしらは学校終わったら、よう鴨川の河原で遊んどったんや。そしたら草が首くらいまで伸びとるとこに、白く光るもんが見つかって。脚とか腕の骨は拾ったりしたけど、さすがにあばら骨とか頭蓋骨はようさわらんかった」

「どうして川沿いに骸骨があったんですか？」

「子供のころは、三条大橋で打ち首になった人の骨が流れてきたと思っとったけど。そんなん、百年以上も前に殺された人の骨が、しょっちゅうその辺に流れてくるはずあらへんやろ。たぶん戦前か、戦時中に死んだ人の骨やったんやろな……わしらは河原で掃除してるおばちゃんに怒られて。あのころはよう分からんかったけど、おばちゃんらはほんまに慈悲深かったんや。あちこちで落ちてる骨を集めてたんやし。小さな骨の山を作って、燃やしてた。『坊主、そんなとこで悪さしてんにゃったら、河原で拾った骨をこっちにもってきてくれへんか?』って言われたこともあったわ。あんだけ、誰か分からん骨が流れてくんにゃから、供養して燃やしてあげなかわいそうやろ」

「そうですね」

「でもわしらが見つけたんは人の骨だけとちごうた。牛の頭蓋骨も河原にほかしてあったんや。最初見たときはむちゃくちゃびびったで」

孝太郎は目を大きく開いてしばらく何も言わなかったので、陽一は何かためらっているのかと思った。

「ほんまに恐ろしかった。たまに夜中になると、牛の悲鳴が聞こえてくるんや」

老人の顔色が変わったので、陽一は少し不気味に感じた。

「終戦直後は食べもんがなくてな、隣の牧場がよう狙われたんや。わしらんとこは鳥が何羽か盗まれるだけですんだんやけど、牧場の受けた被害はひどかったで。夜中に、どろぼうが牧場に忍び込んで、牛の鼻輪をひきずって行くんや。わしもさすがにそこまで勇気がなかったさかい、外には出えへんかったけど、近所のおっちゃんが見とって教えてくれてなあ」

「大騒ぎにならなかったんですか？」

「集団でおったさかい、なかなか止められへんやろ。体の大きい朝鮮人が、鴨川の河原に牛を引っぱっていって、四人で押さえつけて、やっとのことで動けんようにして、ひたいを斧で力いっぱい叩くんや。牛もそんな貧弱とちゃうさかい簡単に死なへん。いくら力いっぱい押えても、振り払われるんやって。一度あんまり牛の鼻を強く引っぱって鼻輪がちぎれてもうて、押さえてた男が角で突き刺されたこともあった。隣のおっちゃんが見とって話してくれた。牛に突き飛ばされた勢いのあまり、男が気絶して動けんようになったってゆうてたわ」

「警察に通報したんですか？」

「警察に行ってどないすんねん。もともと牛を盗んだんは彼らやしな。命がけで牛と戦っとったんやから。一回夜中に牛があばれて、うちんとこの鳥小屋の壁を突き抜けてきたってじいさんがゆうてたわ。でもほんまに耐えられんかったんは、首を切られてる牛のかん高い声や」

　まるで牛の悲鳴が聞こえているかのように老人は眉をしかめた。

「牛を殺したら、その晩のうちに全部きれいに肉を切り落としてなあ。頭蓋骨以外はすべてスープのだしに使って、皮で靴をこしらえたりしてたんやから。そやから放課後に鴨川のほとりで遊んどったら牛の頭蓋骨が出てきたんや」

「近所に大勢在日朝鮮人が住んでたんですか？」

「そうや。わしらはチョコマンって呼んどった。なんでかよう分からんけど……『朝鮮』って呼び捨てしたときには、しばかれたし。七条大橋の南は朝鮮系がほんまに多かったんや。よう喧嘩したけど、向こうのほうが人数が多かったさかい、殴り合いの喧嘩になったら勝てへんのは分かっとった。じいさんは養鶏所の手伝いに何人か朝鮮人に来てもらっとったから、わりかし仲良うやっとった。それでも雨の日にはたまに雛《ひな》を盗まれたけど」

「どうして雨の日なんですか？」

「鳥小屋はトタン屋根やったから、雨の日に人に忍び込まれても音がせえへんかった。次の日に八条口の闇市に行くと、朝鮮系の商売人が、うちの雛を売ってるんや」

「どうして自分の雛って分かったんですか？」

「うちんとこは府庁の命令で、食卵やなしに、雛に孵すための卵を軍隊や陸軍病院に納めとって、毎年純粋かどうか、雄と雌鳥の血と骨の検査を受けなあかんかった。検査に合格した雛だけに、アルミの金輪がはめられとったんや。そやから番号見たらすぐ自分とこの鳥って分かるし、登録した記録もあった。雛が盗まれたとき、警察連れてきて、雛を売ってた朝鮮人を責めたんやけど、『知らんやつから買った』って言い訳しとった。交番へ連れていかれても、結局二時間くらいで帰ってきたらしいけど……」

「賄賂《わいろ》を渡したんですかね？」

「はっきり分からん。わしもまだ十二、三の少年やったさかい、気軽には闇市に入れんかった。スリ専門のチャリンコも多かったし、悪がきと間違えられて追い出されたこともあった。ときとぎ警察が見回りに来て、悪さをするやつを連れていっとったから、気をつけなあかんかったんや……闇市で商売すんのは、違法かどうか分からんかったんやけど、警察もたいていのことは大目に見とったみたいや。それでもお米とか貴重品と思われとったアメリカ製のもん売っとったら、すぐに捕まんのは誰でも知っとった」

いたずら好きな子供みたいな表情で孝太郎は話してくれた。

「わしもじいさんに、『あそこに行くな』って言われてたけど、逆に行きとうなって、よううろうろしとった。でも一番覗きたかったんは、米兵しか入れへん『ＰＸ』やった。よう連れと二人で、鉄砲を持った米兵が番をしとった店から、アメリカの兄ちゃんが缶づめやお菓子を、大きい袋に入れて出てくるんを眺めてた」

「まるで別世界のものを売ってたんですね」

「そやなあ。わしらはチョコレートとガムにしか興味なかった。うちんとこは養鶏所やったさかい、そこまで食べもんに苦労せんかったけど。大変やったんは、やっぱり無理やり日本に連れてこられた朝鮮人やで。八条口の闇市で商売しとったんは、朝鮮人が多かったけど、みんな助け合って生きとった。一度わしが闇市をうろうろしとったとき、巡査が怒って商売しとった朝鮮人を交番に連れていこうとしたら、十人くらいの仲間が巡査を取り囲んで、堪忍してもうたんを見たことあったわ。朝鮮人があんだけいる中で、警官もそこまでいばれへんかったんや」

「考えられないですね、今だったら」

「笑うわほんまに。わしもな、警官はほんまに嫌いや。戦時中にあんなにいばりくさっとったくせに、戦後は、ヤーさんから金もろたり、都合のいいときだけ顔突っ込んでくるんや」

「今とそんなに変わらないですね」

「そやなあ。わしも一度あんまりに腹が立ったさかい、牧場の連れと二人で、夜に交番の窓ガラス割りに行ったことあったわ」

「捕まらなかったんですか?」

「警官は出てきよったけど、たぶん朝鮮人がやったと思ったんちゃうか?」

「今だったら少年院行きですよ」

「そやろな。わしらは多感な時期やったさかい……でもあの時分は、ある程度根性があらへんかったら、やってけんかったんや」

「喧嘩が強かったんですね」

「まあそこそこやったんちゃうか。でも朝鮮人があんなにおったら、強さなんて関係あらへん。大勢で追いかけられることがあったさかい、家の前に秘密兵器を用意してたんや」

「秘密兵器?」

「バケツに水と卵を入れてな、一週間くらいしたら卵を日向に干したり、また水に入れたりしとくと、上の皮の色が変わってきて、だんだん腐ってくるんや。卵の殻って穴あいてへんみたいやけど、ものすごい小さな針みたいな穴がいっぱいあいてるんや、だから水を染み込ませてから腐らせて、喧嘩したときにその卵を投げたら、もうたまらんで」

「そんなにくさいんですか?」

「そりゃくさいがな。すぐに洗わなんだら、取れやしまへんで。戦時中はなあ、糊がわりに使っとったんや……まあとにかく大変な時代やったし、河原に住んどった朝鮮人とようもめたりしたけど、ほんまはわしらが悪かったんや」

「もともと日本が朝鮮半島に侵略しなかったら、彼らだって自分の国に住んでたんでしょうね」

「そやなあ。ほんまに、かわいそうやったんは、ある日大勢の警官や役人がやってきて、彼らの住んでた鴨川沿いの小屋を全部取り壊したんや。無理やり日本に連れてこられて働かされて、家までつぶされて、どないして生きていけっちゅうんや?」

「ひどい話ですね」

「そやけどな。彼らも警察に負けんと、次の日にすぐまた小屋を建て起こしとったわ。警官が、壊した材木を持っていかんかったさかい、残っとった杭と縄で、すぐにまた雨をしのげる小屋を建てとった。それでも最終的にはブルドーザーで持っていかれたけど……」

こうやって月に何回か孝太郎の話を聞きに来ているうちに、陽一の頭の中で戦後のパズルがちょっとずつ揃いはじめていた。

第三章　すばらしき世界

一

　理恵はいつものように新聞を読みながらクロワッサンチーズサンドをつまんでいた。テーブルの上には人民日報、ワシントンポスト、Le Journal、そして地元の京都新聞までが並んでいた。政治家の暴言には憤りを感じてしまうが、ジャーナルの社説にはするどい意見が載っていることもあり、毎日必ず読む。特に興味深いのは、世論を騒がせているニュースに対するメディアの反応が、国によってまったく異なっている点だ。理恵は国内の新聞に載らないような記事には、特に目を光らせていた。

　メディアはいつも、自国にとって都合の悪いことを最小限に抑えている。海外の新聞や雑誌から学ぶことは常にあった。最近欧米の新聞は、東京や大阪でＨＩＶを代表とする性病が若者の間で蔓延していることを統計とともに取り上げ、原発と自民党の関わりについて詳しく分析した記事もあった。どの新聞も偏った主張をするが、それはそれで考えさせられた。
今朝の新聞の一面は、どれも先日行われた金融サミットに関する話題が中心だった。途上国への百十兆円の支援策に、大きな期待がかかっていると主張する記事が多かった。しかし理恵自身はアメリカ流資本主義が巻き起こした不況に憤りを感じていた。そもそも世界中の余った金を、アメリカの銀行や証券会社に預けたことが最大の問題であって、金の流れを抜本的に変えない限り、大した哲学もない、一時的な景気支援対策では、将来またこのような株の大暴落が起こってもおかしくない。証券会社のエリートビジネスマンが、昼間から三百ドル以上もするワインを平気で飲んでいるのを、理恵は院生のころに見たのを思い出すと、高所得者にしか得にならない財政システムでは、これから鮮明化する高齢化格差社会のニーズに対応しきれないと思った。

第一面を大ざっぱに読み終えた後、ワシントンポストの「科学と生活」という面の記事が理恵の目にとまった。そして急に、「これだわ！」と叫んだので、その勢いでテーブルにコーヒーを少しこぼしてしまった。

その記事の英語名は、"Anti-psychotics and Dimentia"（抗精神病薬と認知症）だったが、内容はアメリカのケアーハウスや特別養護老人施設で、いかに多くの老人が坑精神薬を飲まされているかを批判した記事だった。詳しく読んでみると、アメリカの老人ホームでは、スタッフ不足のため、他人に迷惑をかけたりする患者に抗精神病薬を過剰投与しているということが書かれていた。もちろん名目上は認知症に随伴する症状を抑えるために、この類《たぐい》の薬を出しているそうだが、多くの老人は薬を飲みはじめてから症状が悪化し、数ヵ月経っても慣れないことがある。急に薬を止めると、フラッシュバックが起こり、鬱やパニックの症状が悪化するのでやめられない。このように不可逆性の依存性をもった薬を使いはじめると、「揺り戻し」が恐ろしく、二度ともとの状態に戻れないことが多いと書いてあった。アメリカが世界一薬を乱用する社会だと理恵は知っていたが、まさか全土の介護施設の患者の三分の一が抗精神病薬を飲まされているとは知らなかった。

当然国内の現状はここまでひどくないと理恵は思ったが、やはり日本でも認知症と診断された老人たちが、強い薬を飲まされているのではないかと感じた。理恵は壁に向かって目の中を泳ぎ回っている黒い点をしばらく無意識に追っていたが、しばらくしてから、「なるほど」と小声でつぶやいた。そして、何度か記事を読み直した後、引き出しから鋏《はさみ》を取り出して丁寧に記事を切り抜いた。

その日は午後からサークルの皆が研究室に集まる予定だったので、理恵はさっそく記事を訳し、パソコンに打ち込んで四部プリントした。それから講義の準備をして大学に出かけた。

　満員電車に乗って入り口の側の広告を見上げると、「今年の秋はショールできめる」と宣伝した女性誌の広告があった。理恵の真ん前に腰掛けていたサラリーマンは、過激な週刊誌に没頭している。記事の内容までは読み取れなかったが、どうやら芸能人のスキャンダルらしい。隣に座っているピンクのヘアーバンドの金髪ギャルは、猛スピードで携帯にメッセージを打ち込んでいる。端にまるまっている腰の曲がったおばあさんは、隣の車両にいる七歳くらいの少年を親しげに見つめている。しかし野球帽をかぶったその男の子は、ゲームに夢中で気づかない。

　大学に着くと丁度お昼前で、サークルの学生が研究室の前で待っていた。洋子、陽一、和樹は頭を下げて部屋に入ってきた。いつもはたわいない話をしばらくするが、理恵は記事のことで頭がいっぱいだったので、「オルダス・ハクスリーの『すばらしき世界』って読んだことある？」と切り出した。

　陽一と洋子は首を振った。

「最近あまり注目されていないようだけど、欧米じゃ誰もが知ってる名作なの。ＳＦ小説じゃないけど、未来の社会について予想したアンチユートピア物語だからだと思う。とにかく、その世界では皆が遺伝子を組み替えされ、培養ビンで育てられて、大きくなって気分が悪くなったら、薬でコントロールされてしまうの。その目的はもちろん権力者が扱いやすい人間を製造するため」

「ジョージ・オーウェルも似たような小説を書いてませんか？」和樹が言った。

「『1984年』ね。オーウェルの小説では、全体主義思想に洗脳された人々が、政府に逆らえなくなるという恐ろしい話だったわね……実は今朝こんな記事を見つけたの。ちょっと読んでみて」

理恵は自分で訳した記事を配った。

「ばかな話をしてるようだけど、気をつけないとみんなも将来施設に入れられて薬漬けにされるかもしれない。アメリカに住んでてそれがよく分かったわ。アメリカでは学校や会社で問題を起こした人は、カウンセラーのところに連れていかれて、非科学的な尋問を受けた後、鬱病、ノイローゼ、心理分裂症などと診断されることが多いの。アメリカでは信じられない数の子供が、小学生のうちから、ちょっとはしゃぎ回っただけで、強い薬を飲まされてる。みんなも承知してると思うけど、多くのいわゆる『精神病』は、患者の行動を見たり、話を聞いただけでは判断できないものなの。複雑な機能を搭載したＭＲＩ機で分析してもはっきり断定できない場合が多いの。でも一度社会にこのようなレッテルが貼られてしまうと、薬漬けにされてしまう。はっきり言ってアメリカは、理解できない人を『精神病患者』か『テロリスト』と決めつける社会なの」

「それは極端すぎないですか？」

「もちろん誇張してるけど、私がボストンで出会った日本の女学生もひどい目に遭ってたわ」

「どういうことですか？」

洋子が不安気に尋ねた。

「その美和っていう十七歳の女の子は、親が離婚して父親と暮らしてたんだけど、思春期になって反抗がひどくなったから、父親の考えで、一年間アメリカにホームステイさせられてたらしいの。もともとわりとシャイな子だったから、アメリカの高校で、薬物などを勧められたりはしなかったらしいんだけど、ホストファミリーと一緒に住みはじめてから大喧嘩して、精神科医のところに行かされたの。彼女は英語もまだ片言だったし、カウンセラーも日本文化をまったく理解できていなかったから、『ひどい脅迫観念にかられてる』

って診断されてしまったの。それで、日本にいる父親は、いつも転勤で連絡がつかなかったから、とうとう精神病院に入れられたわ」

「どうしてホストファミリーにそんな権利があるんですか？」

「彼女はまだ未成年だったし、『いざというときはホストファミリーが親の代わりに、重要な決断を下す権利がある』って書いてあった書類を、美和の父が日本にいるときに、ちゃんと読まずに署名してたの。アメリカが地獄の訴訟社会だと知ってたら、署名する前にもっとしっかり読んでいただろうと思うけど……とにかく私がはじめて美和と出会ったのは、大学のサークルで、精神病院の患者とゲームなどを通して交流するボランティア活動に参加したときのことだった。彼女は飲まされていた抗精神病薬のせいで、まったく元気がなくて、最初は日本人だとさえ分からなかった。そのうちに施設を出て帰国できたんだけど……」

「ひどい目に遭ったんですね」

「ホストファミリーにすべてを任せたのが間違いだったわね。とにかくアメリカではカウンセラーや医者が、考えられないほどものすごい権力を持ってるの。そういえば、一度『院生』の知り合いの家で、ホームパーティがあって誘われたんだけど、そこで出会った若い医者のことは今でも思い出すと、本当に腹が立つの」

三人は熱くなっている理恵を宥《なだ》めることができなかったので、彼女はどんどんエスカレートしていった。

「彼は総合病院で働いてたみたいなんだけど、ある患者がしつこく『自殺したい、自殺したい』って言ってきたから、『その男を精神病院に入れるよう命令した』って得意げに話してくれたの。私はショックで、初対面にもかかわらずこんな話をしてくるこの医者のほうが狂ってると思ったわ」

「その患者は自殺未遂の過去があったんですか？」

「私も同じことをその若い医者に尋ねたんだけど、自殺を試みたことはないって言ってたわ。『だったらどうして患者を、病院に閉じ込める必要があるの？』って聞いたら、このやぶ医者は、『他人や自分自身にとって危険な存在だと思ったから、スタッフを呼んだんだ』と答えたのをはっきり覚えてる。今思い出すだけで、あの若い医者が憎く思えて……本当に傲慢で自分勝手な男だと思わない？」

洋子は肯いた。

「誰だってひどく追い込まれたら、『死にたい』って言うかもしれないけど、それはストレス発散の手段だし、実際首を吊るっていう意味じゃないでしょ。ケアーハウスじゃ、お年寄りがよく、『明日、死んで来るから、後は頼みまっせ』って言うけど、誰も彼らを止めようとしないし、本当に命を絶つとは思ってない。あんな医者に捕まったら薬漬けにされて、生きて出て来れないのよ」

みんなが記事を読み終えたのを見て、理恵は早口で言った。

「最近、『憩いの里』のお年寄りの様子が変だと思わない?」

「そういえば、私が会っている坂口さんは、半年ぐらい前から急に元気がないですけど」

「そうですね。村上さんも最近あまりいきいきしてません」

「でも佐藤さんは、以前と変わらないですけど……」

「もちろんみんながそうとは言えないけど、少なくとも私は、何か胡散臭いと感じてたから、今朝この記事を読んで、『なるほど』って思って」

「『憩いの里』の多くの患者が、急に神薬安定剤を飲まされてるってことですか?」

「はっきりした証拠はないんだけど。でも結構元気だったお年寄りの過半数が、急にパッシブになって、ものを言わなくなるっておかしいでしょ?」

「じゃ、どうすればいいんですか?」

と和樹が尋ねると、

「そのまま傾聴を続けたらいいと思うんだけど。とにかく、私が施設のスタッフに聞いて見る」と理恵はみんなの顔を見渡して言った。

二

こうして理恵の新たな活動がはじまった。あまりこそこそするのが好きじゃなかったので、理恵は直接「憩いの里」の看護師に最近施設の方針が変わったかと尋ねてみたが、予想どおり、個人情報に関わるからと何も話してくれなかった。サークルとして何かできることがあればお手伝いさせてくださいとは言ったものの、逆に怪しまれてしまった気がした。

理恵が二年半訪問してきた鈴木道子と本田律子にもいろいろ訪ねてみたが、二人とも物忘れがはげしく、薬を飲まされていることすら覚えていなかった。

それでも理恵はあきらめず、訪問の回数を増やして、細かな変化をノートにまとめていった。そうしているうちに、十二月になり、ケアーハウスではインフルエンザ防止対策として、外部から訪れる人にマスクをすることを義務づけた。

車の窓ガラスがはじめて凍ったある朝、理恵は本田律子を訪問した。今までこんな早く「憩いの里」に着いたことはなかったので、追い返されるかと思った。しかし受付の人がいなかったので、理恵はそっとしのび込むように律子の部屋をノックした。彼女は朝食を食べたばかりだった。理恵をヘルパーだと思ったようで、毎週会っていることもまったく覚えていない。あれこれ話していると、看護師が突然ノックもせずに入ってきた。

「ごめんなさい。おじゃまして……」

「すみません、今日はちょっと早く来すぎてしまいました」

「いいえ、どうぞごゆっくり……それじゃここに、薬を置いておきますので、できるだけ早く飲んでくださいね。またしばらくしてから来ます」

と言って一礼をして出ていった。

律子は何も気にしていないようなのでテーブルの上を見ると、白い錠剤と四角いピンクの錠剤と漢方か胃腸薬のような粉薬が並べてあった。理恵は自分がここまで信頼されていることに驚いた。

「一日何回この薬を飲んでいるの?」

「薬なんか飲んどらん」

「でも看護師の方が毎日この薬を持ってくるんでしょ？」

「昔から薬を飲むんは、嫌やっちゅうてるやろ」

「じゃあ、今看護師が持ってきた薬はどうするの？」

理恵は律子に見えるように白い薬をメガネの側まで持っていって見せた。

「さっきから言ってるやろ、長生きできたんは、薬を飲まんかったからや」

「そうよね」

理恵はいつも看護師がどうやって彼女に薬を飲ませているのか分からなかったが、とりあえず薬のパッケージの裏に書かれていた薬品名と番号を手帳に控えた。それからしばらく律子の愚痴を聞いていたが、眠そうになったので帰ることにした。

本当は律子に患者としての権利などを説明したかったが、薬を飲んでいることすら覚えていないおばあさんに話しても理解できるかどうかが不安だったのでやめた。半年前に、頭がまだしっかりしていた律子が、急に何もかも分からなくなっていくのを見るのはつらかった。それまで穏やかだった律子は、最近一度話しだすと、怒った口調になることが多い。

理恵が特にショックを受けたのは、初夏の夕暮れのことだった。夕日が沈みかけたころ、本田律子が、窓に映っている自分の姿を見て、「あそこにさびしそうな白髪のおばあさんが座ったはる。なんでずっとこっちのほうを向いてるんやろ」と言ったことだった。

そのとき理恵はアルツハイマーのはじまりかと思った。最近では、もう理恵が誰か分かっていないので、律子と過ごす時間はまさに一期一会だった。

ちょっと前までは一人でトイレに行くことができた律子は、最近では用を足すためにいったん便座に腰掛けたら立てなくなって、施設のスタッフも焦ることが多かった。律子が転んで背骨でも折ってしまうのではないかと心配して、理恵はスタッフに、「トイレと部屋の中に、敷物を敷いたらどうか」と提案したが、施設の方針で個室内の床は、フローリングと決まっていて、カーペットを敷くことは禁止されていると、そっけなく言われてしまった。防火対策ということは分かったが、理恵は施設の柔軟性のなさにがっかりせざるをえなかった。

「本田さんのぼけは、自然な過程です」と主張する施設のスタッフはいたが、理恵は週に二回彼女に会っていたので、何かの理由で急激な変化が起きていることに気づいた。丁度同じくらいの時期から、理恵が会っていた鈴木道子も急に無気力になり、自分がどこにいるのかさえ分からなくなっていた。

理恵は薬のことが気になって仕方なかったので、午後に、赤十字病院に行った。詳しく事情を話し、本田律子の飲んでいる薬について尋ねてみると、本人が希望するのならいつでも錠剤について調べられるという返事がえられた。そして数日後、理恵の予想したとおり、律子の飲まされている白の錠剤はパキシルという薬で、ピンクの薬もほかの抗精神病薬だということが分かった。それから理恵はアメリカの介護施設での薬の乱用についてもう少し詳しく調べてみた。

ジャーナルや新聞を読むと、アメリカでは、患者の親族による製薬会社と医師の両方に対する訴訟が何百件も起こっていることが分かった。日本人は基本的には訴訟を好まず、たとえ患者の意志に反して、強い抗精神病薬を飲まされていたことが発覚しても、告訴までもっていく忍耐力と経済力を持つ人は少い。共働きをしている人は介護施設の問題が、まだ自分とは無関係であるかのように振まっていると、理恵は感じたが、よっぽど親思いの子供でもない限り、「親の面倒を見る暇がない」と施設に入れてしまう人は、いずれ自分も子供に捨てられるだろう。

「いずれにせよ、誰でも人生の最後の数ヵ月は、自由に動くこともできず、ずっと天井を見つめていることも多いのだから、せめて薬漬けにされたりしないで、人間らしく死にたい」

と理恵は思った。生涯の終わりは、ただでさえ意識が朦朧《もうろう》とするので、薬でさらに頭を変にされたくない。しかしこのことに気づくころには、もうすでに手遅れかもしれない。

理恵は両親をケアーハウスや、特別養護老人施設に預ける中年夫婦について掘り下げてみたが、個人差はあるにせよ、ほとんどの人はめったに親を訪問せず、医師や介護士にすべて任せている。専門家だからといって、倫理的な問題まで担うことができるとは理恵には到底思えなかった。

ちょっと前に比べて医者やカウンセラーに諂《へつら》う傾向は目立たなくなってきたものの、彼らの言っていることを疑問視したり、介護施設の管理や経営のあり方を積極的に追及する人は少ない。被害を受けても医師に立ち向かう姿勢を見せないのは国民性だと理恵は認めたくなかったが、悲観的にならずにはいられなかった。

この数年間、危うい立場にいる老人や障害者が政治家によって押しつぶされてきていると理恵は思った。限られたジャーナリストと正義感の強い弁護士以外に、反動的な政策を推し進める国の代表を強く責める者は少ない。

小泉政権のもとで、高齢者の医療負担が急激に上がったり、仕事のない障害者までもが、年金から何割か差し引かれる制度が出来上がってしまった。理恵のように文句を言う者もいたが、大半の人は、まるで無気力であるかのように改悪を受け入れた。そして不思議なことに、何年か経つと、みんな悪化した生活水準に慣れてしまい、その状況を引き起した政治家が誰だったかすら忘れて、新たな権力者の野望に振り回される。

たいていの政治家は傲慢で、貪欲で、デリカシーに欠けている。だから若者に相手にされないのだろうと理恵は思った。しかしたまに元スポーツ選手や芸能人のようにユーモラスで、くだけた議員が現れると、民衆はすっかりメディアのイメージに操られ、冷静な判断ができなくなってしまう。

理恵が政治の話をはじめると、学生はいつも嫌そうな表情をする。しかしそういう若者が、見た目だけで将来の議員を選んでしまったりするのかもしれない。神風特攻隊を謳歌する国粋主義者が知事になった。戦後から半世紀も経っているのに、「三国人」と韓国人たちを嘲笑したり、いわゆる「ニート・フリーター」や身体障害の人格を無視する発言を、平然と繰り返してきた極右者が、国民に支持され選挙に勝っている。そして世襲議員の放蕩息子が、国の首相になれるのも、全体的に国民が、政党の政策も理解せずに、雰囲気だけで議員を選んでいるからだと理恵は確信していた。

だからこそ何世代にも渡って、同じ政党が選ばれ続け、国民の生活が悪化し続けてきた。理恵はメディアが何と言おうと、学生だけは民主主義のプロセスを妨げてきた与党の政治のあり方を、歴史的視点からもっと客観的に見直してほしかった。彼女の学生が批判的な目で政治を直視しなければ、政権交代も無意味に終わり、メディアを利用する議員がまた首相になり、一番援助を必要とする障害者や高齢者、そして低所得者の財布にまで手を突っ込んでくることになりかねない。理恵はたとえ少数であっても、改革の名のもとで行われる堕落政治を見逃さない学生を育てたかった。

三

「木曜日のコンサート行った？」

陽一は何気なく洋子に聞いたが、彼女は下を向いたまま首を振った。

「ベートヴェンのヴァイオリンコンチェルトは、すごく情熱的で良かったんだけど、堀内さんがいなかったから、どうしたのかと思って……」

洋子は黙ったまま陽一と目を合わせなかった。

「代わりに、違う子がフルート吹いてたし、風邪でもひいたんかなあ」

親友がコンサートに出なかった理由を洋子が知らないはずがなかった。

「ホームページには何ヵ月も前から練習してたって書いてあったし、よっぽどのことでない限り休まないと思うんだけど……」

「フルートって唇があれたらうまく吹けないらしいわ」

洋子はようやく話したが、少し涙ぐんでいた。陽一は何かまずいことを聞いてしまったと思った。

「そんなに真紀のことが気になる?」

「いや、ただフルートのパートを練習してたから、コンサートに出れないのは、残念だろうと思って……」

「男の人って皆うそつきね。いつも隠し事ばかりして」

「ごめん。別に隠すようなことじゃないんだけど……」

なぜ洋子が自分を責めるのか陽一にはよく分からなかったが、彼女は急にうずくまった。

「どうしたん?」

陽一は洋子の肩をさすったが、彼女は何も言わずに泣きだした。デリカシーのないことを言ってしまったのかなと陽一は後悔したが、洋子が数分間、震えながら泣き続けたので、通りがかりの学生がちらちらと彼のほうを見た。陽一は赤くなった彼女の目を見て、ハンカチを渡した。

「ごめん」

「別にあなたのせいじゃないわ」

洋子は少し恥ずかしそうに顔をそむけて立ち上がり、学食の側を離れていった。陽一が後ろからついてきたので、洋子は振り返って陽一を睨みつけた。

「本当にあなたは何も分かってないのね。真紀は今フルートどころじゃないの。病気なの。あなただって、真紀に彼氏がいるのを知ってるでしょ？　もうこれ以上言わせないで……」

こう言って洋子は陽一を振り払うように走り去った。

陽一は頬を殴られたような衝撃を受け、呆然と立ちどまったまま、しばらく動けなかった。それからゆっくりと歩きだしたが、気持ちの整理がうまくできず、どこを歩いているかも分からなかった。詳しいことを聞きたかったが、もうどうしようもない。

真紀のような女性に彼氏がいることが、陽一にはまず受け入れられなかった。一緒に篠笛を吹いていた男に違いない。音楽好きな者同士で通じ合うのか？　彼女だって心を奪われることはあるのか？　どうして今まで、そんな当たり前なことに気づかなかったのだろう。

もっと気になるのは、洋子が口にできなかった病気のことだった。なぜ彼氏がいることと、病気とが結びつかなかったのだろう？　真紀が男と関係を持つこと自体、彼にはまったく想像できなかった。

＊＊＊

洋子の元気のない姿を見て、理恵は洋子の背中を軽くさすった。

「勉強しすぎてるんじゃない。たまには休憩しないと」

洋子は無表情に髪をかき上げた。

「よかったら今度京都シネマに映画見に行かない？　この間ベトナムの田舎が舞台で、良さそうな映画のチラシが貼ってあったわ」

理恵の誘いに無反応だったので、理恵は立ち上がって白いティーカップを二個出した。

「紅茶かお煎茶。どっちにする？」

洋子はまるで難問をなげかけられているように唇をかみしめた。

「両方だめ？　じゃ先週輸入食品店で買ったマサラチャイはどう？」

「お願いします」

「カルダモンが効いてておいしいのよ」

理恵は冷蔵庫から牛乳を出して、沸かしたての紅茶と混ぜると、ほんのり甘い香りが漂ってきた。

「アロマセラピーに使えそうな香りね」

と理恵が微笑むと、洋子はまじめな声で、

「すみません。最近どうもだめなんです」と話した。

「そう。『憩いの里』で何かあったの？」

洋子は首を振った。

「無理することはないわ。今日は誰も来ないし、よかったらソファーで少し休んだら？　私はもうすぐ授業に行くから遠慮しないで」

「すみません。落ち込むと、すぐ顔に出てしまうんです。母にいつも叱られるんですけど……」

「心配することないわ。あなたはやさしくて正直だから。家族の方に愛されて育ったんでしょうね。私はあなたと同じくらいのとき、社会活動と研究だけに燃えてたから、周りから『近寄りがたい、変な女』だと思われてたわ」

「そんなことないでしょ。先生は美人だし」

洋子は思わず、「先生」と呼んでしまったが、理恵は気にしていなかった。

「本当だって。いつもジーパンはいて、ノーメイクでメガネかけてたし、恐ろしい女だと思われてたわよ」

「美人はどんな格好でもきれいですよ。もてたんでしょ?」

いつものきゃぴきゃぴした性格がようやく少し見られて、理恵はほっとした。

「そんな暇なんてなかったわ。奨学金を貰って留学してたんだから、英語についていくんで必死だったもの」

「じゃ大学時代に、恋について悩んだりしなかったんですか?」

「さっきから言ってるでしょ。私は変な女だって。男っていうのは、頭でっかちの学者の女が怖いのよ。アメリカだったらOld maidって呼ばれる歳に近くなってきたけど、でも全然気にはならないの……ときどき若い人を見ていると、逆にかわいそうになる。そこら辺で売ってる女性誌なんか見てみると、『結婚しないと、幸せになれない』みたいなこと書いてあるけど、そんなの嘘。インターネットや携帯を使って、いろいろな人とも出会いやすくなったけど、その分じっくり時間をかけた、恋の駆引きがなくなってるんじゃない？」

「そうですかねえ？」

「そうよ。それに最近性モラルが急激に低下してるでしょ？　みんなアフリカやアメリカだけでエイズが広まってるって思ってるみたいだけど、日本も実はひどいのよ。説教臭いおばさんみたいでごめんなさい。でも新聞によれば、国内のＨＩＶの感染者は一万から二万人いるって言われてるけど、本当にそんないいかげんな数字信じられる？　メディアはいつも都合の悪いことを隠してるから、正式な人数が一万人以上だったら事実はその三十倍、いや五十倍かもしれない。若い十代から三十代に限定して考えれば、十人に一人はキャリアーかもしれない。ＨＩＶ以外に、梅毒などの何百万人の性病感染者のことを考えると、恐ろしい数の病気を持った若者が、簡単に人に移せることを、ちゃんと理解してないの」

洋子は急に声を震わせて尋ねた。

「性病って性行為以外に感染することがあるんですか？」

「ＨＩＶの場合は注射器を回し打ちしたり、ウィルスを持ってる人との性行為でもしなければ感染しないわ」

「エイズ以外はどうなんですか?」

「唾液を通して簡単に感染するものもあるわ……クラミジアだと、ウィルスが体内に浸入したところに炎症ができるんだけど、治療せずにほっておくと、女性の場合、子供ができなくなることもあるって新聞に書いてあったわ……男性は無知なもんね。性行為さえしなければ何も感染しないと思い込んでる。だから風俗なんかでディープキスしたり、オーラルセックスしたりして、性病にかかった男性が、妻や彼女に移すのよ。でも本当に性病が移りやすいのは、男性じゃなく女性だということは知ってる? 私はいつも『性』についてもっとオープンに話さないといけないと思うの」

洋子が泣きそうな顔をしていたので、理恵は我慢しきれずに言った。

「大丈夫? 私でよかったら、話して」

洋子は脚をくんだまま口を閉じていた。

「まだ病院に行ってないの?」

「私じゃないんです」

「そうなの?」

「はい。私も最初は信じられなかったんですが、幼なじみの親友に、はじめてボーイフレンドができて、聞いたことのない性病を移されたみたいなんです。とりあえず病院で薬を貰っているらしいんですけど、気づくのが遅かったみたいで、将来子供が産めないかもしれないって言われたんです……自分が何もできないのが悔しくて、悔しくて」

「そう」

「私と違って、彼女はいい家のお嬢さんで、いつも私にはなんでも話してくれる特別な仲なんです。十六のときに、彼女は結婚するまで、絶対男性と肉体関係はもたないって話してくれたことがあって。彼女はセックスしてないって言うんですけど……そんなことって本当にありえるのかと思って？」

「残念だけど、あるわ」

理恵は低い声でつぶやいた。

「親友の彼氏にだって会ったことあるけど、地味で悪そうな人に見えなかったんです」

「人は見かけだけでは分からないわ」

「彼は篠笛がうまくて、知り合ったみたいなんですけど、やっぱり騙されてたんですね。彼女はフルート奏者だから、わりと情熱的な人に弱くて、こんなことになるんだったら、最初から篠笛なんかやらなかったらよかったのに」

「本当にかわいそうね」

洋子は一息ついてからチャイをゆっくりすすった。その様子を見ながら理恵はやさしく話した。

「二十年以上も前に母に言われたことがあるんだけど、男っていうのは犬と変わらないの。いつもあちこち臭ぎ回って、ほかの犬と領土争いをする。大声で吠えるわりには、もっと強いやつが現われたらすぐ尻尾をまいて逃げていく。結局お腹いっぱい食べて、メスを見つけて欲求を満たせば、電信柱に小便かけて、それで何もかもおかまいなし」

洋子は思わず笑ってしまった。

「口汚くてごめんなさい。でも今まであなたの親友と同じ目に遭った女性を、何人も見てきたの。男なんて女の気持ちをちっとも考えてない。それに人の過去なんて血液検査でもしない限り、まったく分からないし。自分のことを好いてほしいと思っている彼に向かって、『性病の検査をして』って主張できる女性がどれだけいるの？　古い考え方かもしれないけど、現代社会だからこそ操は守らないといけないと思うの。男にすべてをささげたあげく捨てられて、恋のむなしさに気づいても仕方がないでしょ。『性』っていうのは、本当に大切な人のためにとっておくものだから……ごめんなさい。説教臭くなってきたわね。あなたはとてもやさしいから、これから多くの人を励ましたり、慰めたりすることができると思うの。今できることは、友達と一緒にいてあげて、話をしっかり聞いてあげることじゃないかしら」

「そうですね」

「あなただったらできるわ」

「すみません、こんな話をしてしまって」

洋子は立ち上がって頭を下げた。

「私も勉強になったわ……それより、もう少し休んでいっていいわよ。私はあと二十分で授業に行くけど」

「ありがとうございます。でももう大丈夫です。チャイごちそうさまでした」

そういって洋子は研究室を出て行った。

理恵はティーカップを洗いながら洋子の話について考えると、ふつふつと怒りが込み上げてくる。そもそもこのようなことが起こるのは、性教育の曖昧さとコミュニケーション不足によることは明らかだった。理恵は、自分から性病についてきりだした洋子の勇気には感心したが、はたして同じことを男子の学生ができるだろうかと考えてみたが疑問だった。親が直接「性」について話さない社会で、学校の友達や、エッチな写真、動画などから学ぶしかない。その結果、多くの青年が「性」を単なる快楽の道具とし、ご飯を食べるような感覚で味わってしまっている。彼らにとっては過激なセックスは当たり前で、そういう男性の性的妄想は、世界的常識から見てもアブノーマルだった。そして理恵は彼らに絶対に近づきたくなかった。

四

陽一はいつものように、四時ごろに佐藤孝太郎の部屋をノックしたが、留守だった。受付のスタッフに尋ねてみると、「その辺を散歩してるんじゃないですか」と言ったので、ホーム内を一周してみると、イベントホールに続く廊下の隅で、一人ぽつりとベンチに座っている老人の後ろ姿を見つけた。陽一は明るい声で話しかけてみたが、返事が返ってこない。正面に回って挨拶をしたが、それでも反応がなかった。

「散歩ですか?」と再度話しかけてみると、孝太郎は陽一が誰だか分からないかのように、不審そうに彼の顔を覗き込んだ。

いつも温かく迎えてくれていたので、陽一は自分が前回、何か失礼なことを言ったかと考えてみたが、何も思いあたることがなかった。二、三分経っても、老人は口を塞いだままだった。

「隣に座ってもいいですか?」

と尋ねると、孝太郎は顔を合わせずに肯いた。「憩いの里」から見える瓢簞《ひょうたん》の形をした山は、葉っぱがすっかり落ちて、老人の頭のように薄くなっている。曇った空も孝太郎の心のように閉ざされていて、容易に心を開かせることはできそうにない。

「今日バイクで来たんですけど、ぶ厚い手袋でも、霜焼けになるかと思いました。温泉が気持ちいい季節になってきましたね」

彼は陽一の会話にまったく興味を示さず、しばらくすると立ち上がって、部屋のほうへゆっくり体を運んでいった。陽一は、少し戸惑いながら、とりあえず後ろからついていき、孝太郎が部屋の鍵をあけると、怒鳴られるのを覚悟で続いて入った。

「今日は具合が悪いんですか?」

「何もやる気が起こらん」

「そうですか。じゃまた別の日に来ましょうか?」

「今度来るときは、あんたが誰か分からんかもしれん」

「そんなことないでしょ」

「すべてが終わるのを待つんは、ほんまにうっとうしい。あんたも、いつかそれが分かる日がくるわ」

そう言って急須にお湯を入れて二人分の番茶をそそいだ。

「嫁はんに先立たれる二年前に、うちの娘が金持ちぼんぼんの家に嫁いだんで、最初はすごく喜んでたんや。でもわしが年を取ったら、わしのことを恥ずかしいと思ったんか、うっとうしがられて、こんな成金しか入れんようなところに、入れられたんや」

「それで『憩いの里』に来たんですね」

「そりゃ、路上で死んでく人のことを考えたら、感謝すべきやろうけど、ここは金持ちの姨捨山《うばすてやま》みたいなとこや。まだ八条口で、最後まで一人暮らしして、ぽっくりいってたほうがましや」

「それは違うんじゃないですか」

「一人暮らしやったら、何の制限もあらへんし、膝が悪なっても、長椅子を外に置いといたら、一日中鴨川を眺めながら、近所の人と話ができるやろ」

「でもここにもいろんな方がいるじゃないですか?」

「このホームは立派やけど、誰一人好きで入居してる人はおらん。半分以上の入居者が、薬漬けにされてまともに話もできん。想像してみい、おたくが急に何の共通点もない、今までの生き方がまったくちゃうやつと、無理やり一緒に住まわされて、朝から晩まで、一緒にいなあかんにゃで。ご飯のときに一緒のテーブルに着いても、誰もほとんど口利かへん。遠慮してんのか、ぼけてんのか分からんけど、こっちが話しかけると、怒鳴られることもあるんや。おまけに看護師はいつも忙しくて、まともに話できへん。腹立って怒ったら、すぐちくられて、変な薬飲まされる。ほんま、どうしようもあらへん」

「友達ができないんですか？」

「作ろうと思ったけど、無理なんや。みんな一緒の施設に住んでるけど、わしと同年代の人は、何考えてんのかよう分からん。わしはあらっぽいとこで育ったけど、みんな人情があった。母さんは戦前に死んで、父さんはどうしようもないなまけもんやったから、新しい女作って出て行ってもうた。そのせいでわしは、じいさんとばあちゃんに面倒みてもうたんや。小学生のころは、てっきりじいさんとばあちゃんが自分の親やと思い込んでた。でも戦後に、父さんのほんまのアニキに会って、父親がまだ生きとることが分かってたあ。じいさんとばあちゃんが、ほんまのことを教えてくれんかったんは、父さんも生き残った三人のおじさんたちも、戦後賭け事と酒におぼれてもうて、夜中にじいさんの金を勝手に持ち出して、使い果したからやったんや」

陽一はじっと、孝太郎のしわだらけの顔を見つめた。

「ああなってもうたんは、じいさんのせいやあらへん。戦後はみんな生きていくために、気が狂ったこともしとった。一からやり直すんは、父さんやおじさんたちにとっても大変やったと思うけど、わしを捨てていったことは許せへん。じいさんも自分の息子が、全然養鶏所を手伝わんと、極道みたいなことしてたんが情けのうて、たまらんかったと思うわ」

家族のことは、プライバシーにかかわるので、今まで一度も聞こうとしなかった。彼もあまり話さなかったので、今日はまるで今まで溜め込んでいた分、我慢できなくなって、はちきれてしまったようだった。

「ほんでな、十三歳ぐらいのときに隣のおっちゃんが、本当の父親が近くに住んでるって教えてくれたんや。さっそく次の日にその場所まで行って、窓を覗き込んだら、知らん女と小さい女の子と一緒にちゃぶ台を囲んで食べとったんや。あんまり腹が立ったさかい、石投げて窓ガラスわったった。あんなやつは俺の父さんやあらへん」

孝太郎は怒りを込めるように言った。

「だからわしが十八んときに、じいさんが死んでおじさんたちが顔を出したとき、わしは家に一歩も入れさせせんかった。親の金取って逃げ出した放蕩息子が、じいさんの墓を拝む資格なんかあらへんって言ったったんや。わしも力仕事しとったし、勝手に家に入ろうとしたら、五十代のおっさんくらい一人残らず、ぶん殴ったと思うで」

「お父さんはお葬式に来なかったんですか?」

「同棲してた女とどっかに引っ越してから、帰ってこんかった。どっかで病気して死んだんかもしれれんけど、わしの知ったこっちゃあらへん」

陽一は何と言っていいのか分からず、ただ相槌を打つばかりだった。

「あの男を親やと思ったことはあらへん。自分の子供を捨ててほかの女のケツ追い回すような腰抜けが、親になる資格があるか」

彼は、しばらく黙ってから急に何かを思い出したかのように言った。

「今でもように覚えてるんやけど、九歳んときに、朝、鳥の餌やって、外で手洗っとったら、ばあちゃんが来て『わしが年取ったら面倒みてくれるか』って聞いてきたんや」

「何て答えたんですか?」

「『最後まで世話する』って答えたら、しばかれた」

「どうしてですか?」

「わしも何でか分からんかったんや。まあ、いつも、しばかれとったから、別にいとうなかったけど。それでもわしが『ほんまに世話するさかい、信じてえなあ』って言ったら、『分かった口利くな、坊主』って涙ぐんで言ったんが、忘れられん」

五

「そもそも、あなたが敬愛している心理学は、日本のものじゃないでしょ。心理学の新しいトレンドは、ほとんど欧米から取り入れられてるから、その思想的背景を深く理解せずに、無差別に受け入れるあなたの姿勢は医師として、適切だと言いきれますか？　そんな曖昧な療法で自分が本当に正しいって実証できるんですか？」

「何を言うか。専門家じゃないおまえに何が分かる」

「私はあなたの周りの人のように権威主義には騙されません」

「生意気なことを言うな」

「生意気かもしれませんが、あなたのように薬と権力を使って、暴力行為を繰り返すようなことはしてないから」

理恵が石原のことを突き止めるのに少し時間がかかってしまった。しかし一度確かな証拠を手に入れると、彼女は石原が診察をはじめる前に、一人で部屋に飛び込んでいった。

「おまえが何を根拠に、いっちょまえなことを言ってんのか分からんけど、ちゃんとした薬学の知識もないのに、でかい口叩くな」

「そりゃ、あなたのようにどの坑不安剤や坑精神薬が重い幻覚症状を起こすかは知らないわ。でも、あなたが『憩いの里』に来る前、このホームは違っていた。お年寄りが毎日元気な声で、廊下で話していた。そりゃ、ヘルパーは大変だったと思うけど、みんなしっかりした人格を持っていた。でも今ご飯のときに集まってくる彼らをごらんなさい」

「みんな他人に迷惑をかけないよう静かに昼食を取っているじゃないか」

「そう、まるで植物人間のようにね。あなたには他人に迷惑をかけさせないために、人の意思を踏みにじる権利はあるの？」

「私は頼まれたことをやったまでさ。それに食事のときに大声で叫んだり、お盆ごと放り投げたりしたお年寄りもいて職員は困っているんだ」

「あなたの立場が難しいのは分かるわ。でもお年寄りが騒ぐからといって薬漬けにしてしまうのはどうなの？　私がこの二年間会ってきたお年寄りは、明らかに幻覚症状を訴えてる」

「君には分からないだろうけど、それは認知症の症状だよ」

「どうしてそうだと言いきれるの？　本田さんはあなたが来る前、足は悪かったけど、頭はしっかりしていたわ」

「いいかげんなことを言うな。お前は自分が医者だとでも思っているのか。素人のお前に本田さんの病気を理解できるはずがない。もう我慢できん。このホームからお前の学生を連れて出ていきなさい。これ以上、他人の個人情報をもてあそぶことは私が許さん」

こう言って石原は部屋の外で待機しているはずだった良子を呼ぼうとしたが、彼女はほかの部屋に行っていたので、理恵を一人でつまみ出すことができなかった。

「お前はボランティアの分際で、よくそんなでかい口を叩けるな」

「ここにいるお年寄りには薬を拒否する権利があるのよ。それに重い副作用のある薬を飲ませるときには、その旨をはっきり患者に知らせることは、最低限の義務だということはあなたも知っているはず。そもそも幻覚症状が出ているということは、あなたが薬を過剰投与してるってことでしょ。欧米だったら訴えられてもおかしくないわ」

「このホームは私の仕事場だ。訴えられるのは侵入者のお前だ」

丁度そのとき、ドアが開いて、良子が入ってきた。

「山下先生がお帰りだそうだ。今すぐ施設からお引き取り願いなさい」

石原は苛立ちを隠しきれず命令した。

「どうされたんですか？」

二十代後半の看護師は驚きを隠しきれなかった。

「彼女はボランティアを装って、入居者の個人情報を収集している。今後は山下先生と彼女の学生が、二度とこのホームに出入りしないように、私がスタッフに注意しておく」

良子は一瞬何をしていいか分からなかった。しかし石原の険しい表情を見て、事態が尋常ではなかったので、とりあえず理恵を連れ出したほうがいいと思って、申し訳なさそうな声で、部屋を出るように頼んだ。理恵は石原が言っていることが不当だと反論したかったが、自分の立場が不利だったので、引き下がるしかなかった。

看護師は長い廊下を歩きながら話す言葉を探した。そして結局、適当な言葉が見つからないまま、誰もいないロビーを通り過ぎ、施設の外に出た。良子は理恵や彼女の学生の傾聴活動を見守っていたので、問題を起こすようなことがないことは知っていた。しかしいつも穏やかな石原先生が、あそこまで怒ったのを見たことがなかったので、それなりの理由があると察した。

肌寒い風を背後に感じながら、理恵はしばらく何も言わずに山のほうを眺めていた。

「とりあえず今日はお引き取りください。申し訳ございません」

良子は少し振るえる声で言った。理恵はぎこちなく頭を下げて車に乗り込んだ。

マンションに戻ると純子はどこかへ出かけていたので、理恵は一人で石原との会話について ゆっくり思い返した。あまりにも準備不足と時期尚早だったことが悔やまれたが、石原と口論したことにより、いかに精神科医とケアーハウスが、都合よくお互いに責任を押し付けあっているかを把握することができた。たとえ処方箋を出しているカウンセラーを責めたとしても、石原は、「ホームに要請されて、処方箋を出しているだけだ」と言い訳するに違いない。逆に強い坑精神病薬を入居者に飲ませていることで、ケアーハウスの責任者に法的な責任を負わせようとしても、「『憩いの里』は、専門的なことは精神科医の判断に任せている」と言い訳するだろう。

＊＊＊

「憩いの里」を追い出されてから一週間後に、理恵の予期どおり、学長から呼び出された。なんらかのお叱りを受けることは分かっていたが、何を根拠に責められるのかは予想できなかった。去年までの白髪頭を真っ黒に染めたばかりの学長に、実際会って理恵が話してみると、「憩いの里」から苦情があったということには言及したが、「最終的にどうするか、決めていない」と言った。理恵は少し安心した。しかしその言葉は、「どのような処分を与えるか、決めていない」という意味を含んでいた。

処罰を検討する委員会はすでに立ち上がっていたが、直接彼女に会って、何があったかの確認はしてこなかった。学校側からすれば、理恵がこのような騒動を起こしたこと自体が問題で、新聞などに取り上げられないようにすることが重要だった。

石原の意向で「憩いの里」の管理側も、ボランティアサークルをただではすませない姿勢を取っていた。それでも理恵は、自分は何も悪いことはしていないと確信していたので、もし石原がしつこく追及するのであれば、最悪の場合、法廷で戦う覚悟もしていた。しかし大学の委員会は、彼女の対決姿勢が大学のイメージダウンになるとして、理恵を追い込んで解雇する方向に向いた。

当然ながらサークルは活動の停止を命じられた。理恵はすぐに抗議しようと考えたが、年配の女性の教授から、「女としての立場をわきまえるように」と忠告された。

確かに理恵の勤めている大学は男性中心の組織で、女性の教員はちょっとしたミスでも、厳しく追及される。その女性の教授も十年ほど前、「大学の運営の仕方がトップダウンで独断的だ」と批判したとき、「更年期障害」とひやかされた苦い経験から、理恵に自制を求めた。それでも理恵は、「サークルが不当な処分を受けた」と周りの教員に訴えるのをやめなかった。そして彼女の孤立は深まっていった。さらに尾鰭《おびれ》をつけた噂が広まり、理恵と廊下ですれ違っても、彼女に挨拶する教員はいなくなった。

もとより権力のある教授のほとんどは、毎年同じ講義ノートを読んでいる脳の腐りかかったゾンビのような存在だと思っていたので、理恵は相手にしなかった。だがさすがに授業中に学生に背を向けられたときには、焦りを感じずにはいられなかった。理恵にはどういう噂が出回っているのか知るすべもなく、あまり気にしていなかったが、授業中、いつも手を挙げていた学生が黙り込んだり、「英論文をチェックしてください」とせがんでいた学生も話しに来なくなると、状況の深刻さが明らかになった。

六

それから数日後、理恵は今まで見たことのないような、奇妙な図書館の中を案内されていた。ギリシャ語やラテン語で書かれたほこりをかぶった本が、大理石の柱がいくつもある部屋で保管されていて、隣の図書室には細い糸で括られた巻物みたいな中国の書物が置かれていた。案内してくれている図書館員は、宝塚劇場に出てきそうなメイクの濃い男役のような中性的人物だった。

しばらくイギリス風のアンティークチェアや赤いラウンジソファーが置かれている長い廊下を歩いていくと、つい最近日本で出版された単行本や雑誌が並べてあるタバコ臭い部屋に入った。決して品があるアレンジだと思わなかったが、物好きな人が建てた資料館だと理恵が感心していると、

「ここにはどんな本だってあるんですよ。今は本なんてなかなか手に入らないでしょ」

白い手袋をした図書館員は、金歯を光らせ不気味な笑みを浮かべた。

理恵は何も言わずに本のタイトルを閲覧した。

「あなたの本だって揃っているんですよ」

十九世紀の執事のような、長いヴェストをきた男が、上から三段目にあった四冊の本を指したが、理恵にとって一冊以外は見覚えのないタイトルだった。

「……でも、あなたは本よりも、社会活動が大事だと言ってましたね」

図書館員の言葉は皮肉に聞こえたが、理恵が反論する前に黒い蝶ネクタイの男は言った。

「すべての人の行動は、歴史の流れになんらかの形で影響を与えてるって言うでしょ。だから本に載ってなくても、あなたが決して他人に言わないような夢や妄想も、捉えようのない形で歴史の流れを変えてます」

「そうですかね？　人の頭の中の些細なことが、どうやって社会を動かすんですか？」と理恵が言うと、

「理屈っぽい方ですね。あなたはもう少し自分の言動に、慎みをもったほうがいいんじゃないですか？　信念をもって学生を教えてるつもりでも、あなたの言葉がどのような波紋

を起こしているのか、ご自身ではまったくお分かりになってないようですね」と図書館員は答えた。

「どういう意味、それは？」

理恵が少し声を上げたとたん、「ニァーーーオ」と反論するかのような鳴き声を上げて、猫が本棚から飛び下りてきた。

「蘭蘭《らんらん》、そう怒ることはないよ、彼女は中近代の女性だから、プライドが高くて当たり前でしょ」

図書館員は宥めるように太った雑種猫の茶色い毛をなでた。

理恵はあまりの驚きに言葉を失ってしまった。

「そんなにびっくりすることないじゃない。中国でも周の時代から、大事な書籍を鼠から守るために、猫を飼っていたのは、あなただって知ってるでしょ」

「はあ……」

「あ、そうそう、ここにありました……先生がきっと興味をもってくれる本が」

そう言って図書館員は、何十巻もある長編シリーズの真ん中から、黒いカバーの本を取り出して、ページをめくりはじめた。

「まあ確かに、争いに勝った者が書いた正史よりも、どろどろした社会史のほうが面白いわね」

目がとても悪いのか、このエキセントリックな図書館員は、左ポケットから虫眼鏡を出し、小声で何段落か速読した後、「この箇所をごらんなさい」と本を差し出した。しかし、どういうわけか理恵の手に触れたとたん、本は滑り落ちてしまった。

「だから古い本を閲覧するときは、手袋をしたほうがいいんです」

「ごめんなさい」

理恵は謝まって、神経質な男が渡してくれた白い手袋をはめてから、その本を見てみると、どうやら年表らしいということが分かった。

「二〇一三年二月二十八日を、もう一度探して」

ページの右上に年代が書いてあったので、本の前のほうだと分かったが、字が小さすぎて、理恵にははっきり読み取れなかった。そこで図書館員から虫眼鏡を借りて探したが、新聞の一面に載っているような記事が、無数に書いてあるばかりで、何のことやらさっぱり分からない。じれったく感じたので、「いったいどういうことなの？」と聞いたとたん、理恵の体から力が抜けて急に倒れてしまった。

＊＊＊

それからどれだけ時間が経ったか分からないが、理恵は図書館での出来事が、あまりにもばかげていたので、何かに書きとめておこうと思った。しかし、サークルのメンバーに呼び出されていたのを急に思い出し、慌てて近くの居酒屋にタクシーで駆けつけた。

座敷に上がると、すでに陽一、洋子、和樹が陽気にビール瓶を数本空けてさわいでいた。

「待ってました先生！」

和樹が調子に乗った口調で理恵を迎えた。驚いたことに、普段はあまり酒を飲まない洋子と陽一も、赤くなって仲良さそうに笑っていた。理恵は乗り気ではなかったが、ビールをついでもらって乾杯した。

「さっき先生が来る前に作った詩を聞いてもらえますか？」

「ご遠慮なく」

と理恵が言うと、和樹はふざけた口調で、芸人のように歌ってみせた。

「携帯を持たず、チャットもせず、白髪になっても髪を染めず、Ｊ－ＰＯＰ右翼に惑わされず、メディアを疑い、鞭《むち》を持って、権力者の尻を叩き、宿のない者は泊めてやり、困った者には金を貸し、気軽に相談相手になる。そういう人に私はなりたい」

「字余りどころか、まったくリズム感がないわね」

と理恵が評すると、みんないっせいに爆笑した。

「なんでやけ酒してるの？」

「やけ酒じゃないですよ。祝ってるんですよ」

「そうなの？　何か嬉しいことがあったの？」

「とぼけないでくださいよ」

和樹はかなり酔った声で言ったが、理恵は彼の様子をどう解釈していいのか分からず黙っていた。

「今まで受験のせいで自殺した生徒のために、あだ討ちしている行為だったと思わなかったんですか？」

理恵は何のことかさっぱり分からず怪訝《けげん》な顔をしていると、和樹がテーブルの上の新聞を渡した。暗かったので、細かい字は読みにくかったが、「東京名大の二次試験会場で自爆テロ」と書いてあった。

「うそでしょ?」

「太陽新聞がうその記事を書くわけないじゃないですか……でもどうせやるんだったら、文科省の閣僚が集まっている会議室に、突っ込んで自爆すればよかったのに」

「なんてことを言うの。役人や官僚だって大事な家族があるのよ」

和樹は一瞬酔いが醒めたように、理恵の厳しい視線をそらした。

「そんなばかなことして、今の教育や受験のあり方を変えられると思ってるの?」

理恵が怒鳴ると、和樹の顔やビール瓶、そして壁がすべておもむろに灰色になり、気絶する前のような色のない世界に溶けていった。


真っ暗闇の中で、理恵は布団を蹴り落とし喘《あえ》いでいたが、ようやく夢だということが分かってほっとした。そしてゆっくり体を伸ばして起き上がり、冷蔵庫の中から玄米茶のボトルを出してグイッと一気に飲み干したが、それにしても後味の悪い夢だった。

夢というものは、心理学者が誇張するほどたいした意味があるものだとは思っていなかった。ただ頭の中のゴミを分別するようなプロセスだと理恵は決めつけていたが、今晩の夢はインパクトがあった。

　理恵は学生に福祉や社会活動に参加するよう促したことはあったが、アナキズムや無意味な暴動を推進したつもりはなかった。しかし彼女の言葉が誤解される可能性に気づき、とても恐ろしくなった。もし文科省にプロテストする形で、自爆テロが本当に起こったとしたら、多くの命を奪うことになる。それに、たとえ入試を廃止できたとしても、数字で人を評価し、マニュアルで人を動かす習わし、つまり、生まれもった創造性を吸い取る文化そのものを変貌させることは容易ではない。

七

「憩いの里」で起きたことのせいで、ある程度の嫌がらせぐらいは、なんとか対処できると理恵は思っていたが、サークルの学生から連絡がとだえるとは夢にも思っていなかった。理恵は学長に呼び出された後、サークルのメンバーに「心配することはない」とメールを送ったが、誰からも返事はなかった。三週間ほど待ってみたが、誰からも連絡がなかったので、おかしいと思いはじめた。

理恵が予想していなかったのは、彼女が学長に会う前に、サークルの学生たちが呼び出され、長時間に渡って厳しく説教されたことだった。学長は「サークルの学生が山下先生に利用されていたので、停学処分にはしない」と言ったが、「これから山下先生と一切交流するな」と忠告した。サークルのメンバーは皆優等生だったので、履歴書に停学処分を書かずにすむように、学長の言うとおりにした。

理恵は村八分の状態で期末テストの採点を終え、春休みに入った。数ヵ月経ってもサークルのメンバーから連絡がなかったので、理恵は一人で別のケアーハウスを訪問しながら、全国レベルで施設の運営について調べていた。すると、想像していたよりも、さらに深刻な問題が浮かび上がってきた。特別養護老人ホームは規律に基づいて運営されているため、必要時以外には抗鬱薬や抗精神病薬などを容易に投与できないが、私営のケアーハウスでは、そこまで国の目が行き届いていない。都会の低所得高齢者は、高額の施設費を払えるはずがなく、悪質な地方の不届け老人ホームに入ってしまうことが多い。

ケアーハウスで薬漬けにされるのもひどいが、このような悪徳なビジネスの手にかかってしまえば、生きて出て来れないこともある。毎月国や都道府県から送られてくる生活保護を狙った業者は、月十万以下で入居できる介護付き施設をパンフレットなどで紹介している。しかし実際は、トイレもついていない部屋に六、七人の老人たちを閉じ込め、一日三百円の食事しか提供していない。

理恵が憤りを感じたのは、国が作っている特別養護老人施設に、生活保護受給者が資産がないため、入れないことだった。国と地方の役人が、施設不足の責任をなすりつけ合っている間、介護制度の矛盾を利用するビジネスが急増している。地元の役人も、これらの違法施設の存在に感づいてはいるが、田舎では介護施設として届出していないので、場所すら分からないこともある。火事などの事件があって、はじめて生き残った入居者が、何のケアーも受けずに、生活保護や介護費を支払っていた実態を知って理恵はショックを受けた。

＊＊＊

ある冷えた朝、理恵が校内を歩いていると、また新入生をサークルに勧誘しようと、アメフトギヤーを着た学生やヒップホップダンスサークルの二回生があちこち並んで競い合っていた。恥ずかしそうな新入生もいたが、皆にぎやかな雰囲気を楽しんでいるように見えたので、理恵も少し立ち止まって、この興味深い勧誘の儀式を観察していると、人ごみの中に陽一の姿がどこからともなく現れた。考え事をしているのか、彼は理恵とすれ違う寸前まで、彼女の存在に気づいていないようだった。

「久しぶりね、元気だった？」

理恵が話しかけると、陽一はびっくりして彼女の視線をそらした。

「なんとかやってます」

「心配したわ。ずっと連絡ないから」

理恵は回りくどいのは嫌いだった。

「バイトが忙しかったんで」

「それは大変ね。どこで働いてるの?」

「近くのスーパーで」

陽一は少し気まずそうに答えた。

「あまり無理しないで。体をこわしちゃうわよ」

「毎日六時間以上働いてるんで、ほとんど勉強する時間がないんですよ。今年は奨学金が貰えなくて……だから仕方がないんです」

「どうして? 去年まで貰えてたんでしょ。成績が下がったの?」

「そんなことはないんですけど……」周一は急に時計を見て、

「ごめんなさい、バイトに遅れてるんで……」

と言うと、あわてて頭を下げて、逃げるように正門のほうへ走っていった。

理恵は若者の姿が見えなくなるまで見送った。そして肩を少しすくめて下を向いて研究室に戻って行った。

理恵は自分がまだまだ未熟でナイーブであることを実感した。今までやってきたことがすべて反対され、的外れと思われても仕方がなかった。なぜこんなことになってしまったのだろう？　もしかすると自分一人が熱くなり、論議しはじめると止まらずに、相手を攻撃してしまうからかもしれない。今までも何回か意見を強く言いすぎて人を傷つけてしまった。理屈だけでは人を説得できないと、頭で分かっていても、何事に関してもあきらめきれない理恵の性格は容易に変えられなかった。本当に反省すべき点は限りなくある。

とにかく最近の出来事を振り返って、大学という組織で、一番していけないのは、セクハラやパワハラではない。トップの思想に反対する者は、まずちょっとした事務的なミスを指摘され、上の者からの指図に反抗すれば疎外される。体面を損なわせ、恥をかかせることこそが、容赦なく追及される罪だということがようやく理恵に分かった。理恵の活動は大学から見て、確かに許すべからざることだった。入試問題の作成ミスも厳しい仕打ちを受ける。入試という文科省のもっとも神聖な儀式を汚し、他の生徒に一点か二点の差を与え、恐ろしい大混乱を招いてしまう。「ああ、なんたることか！」

それにしても、いつからこの国は公の批判が許されない社会になってしまったのか？

テレビでは、何十年も君臨している芸能人がちやほやされている。スポーツ選手は超人扱いされ、素人同然の歌手がもてはやされている。政治家は弱者を無視し、自分勝手な理想を国民に押し付けているのに、誰も団結してプロテストしない。勇気がある者はネットで本音をぶつけて、国や組織のあり方を否定するが、度が過ぎると、ＩＰアドレスを突き止められ、逮捕される。

「新聞は批判で溢れているじゃないか」

と反論する人もいるが、社説などは、本当の批判ではなくて、新聞社の方針に則《のっと》って、計算した効果を狙っていることを、理恵は知っていた。

子供は、未熟な料理だったら「まずい」と言い、不器用な歌手を「おんち」と罵り、下手な演技を「たいくつ」とはっきり言ってくれる。たまに子供の様子を見て、「厳しすぎる」と感じることもあったが、子供は素直だ。しかし中学生になると、塾などの親が押しつけた習い事がはじまる。そして、急に一年しか歳が違わない人を「先輩」と呼んで、不用な敬意を迫られ、自分で考えるよりも、しきたりを重んじたほうが無難だと思うようになる。

「なぜそこまでして『既成』に従わなければいけないのか?」と理恵は悩んだこともあった。

自分自身も小さいころから、うるさい先輩のいばった口調を我慢し、暗記ばかりで無意味な受験を乗り越え、閉鎖的な就職活動を耐え抜いてきた。理恵はアメリカでの長期間滞在を通して、さまざまな差別や偏見を目にすることになったが、相対的な視点を得ることができた。彼女は自分が欠点だらけなのは分かっていたが、せめて職場や周りにいる人と積極的にかかわり、どんな問題にでも体当たりして、取り組んでいきたいと思ってきた。

だが理恵が今の歳になって分かったのは、多くの同僚がリーダーシップを発揮できる時期がようやく訪れても、今までのやり方で通していることだ。ある医師の友人は、自分の学生が皆「そうなっているの症候群」の徴候を示しはじめていると皮肉ったことがあった。物事の起源や発端を問い詰めない、ただ受け入れるだけの社会は、実に恐ろしい。

もちろん他者を批判する者は、自分の行動にも責任を持たなければならない。「憩いの里」のトラブルで、批判する者は、大きなリスクを負ってしまうということを、理恵は身をもって感じた。彼女が学生のころに習ったことだが、一九五六年に中国政府が、「百花運動」を起こし、共産主義社会の欠点を大いに批判するように民衆に呼びかけたことがあった。知識人は興奮して地元の新聞やパンフレットに、自分の不満や怒りをぶつけた。しかしこの開放的なムードはすぐに急変し、政府を批判した者はブラックリストに載せられ、拘束された後、多くが死刑にされてしまった。そのことを理恵は思い出す。日本では戦後にこのような思想的弾圧はなかったが、今でも「既成」に立ち向かったり、不平不満を訴えたりする者は、学校、企業、町内からつまはじきされる。

理恵は闇雲に組織に怒りをぶつけているつもりはなかった。歴史の流れに敏感だからこそ訴えたいことがあった。でも、学生に政治の話をすると「つまらない」と言われ、もう少し詳しく説明しようとすると、「難しい」と苦情が出る。団塊世代も理恵をただの理想主義者扱いしている。

戦後初の政権交代後、新政権へのマスコミの猛烈な攻撃がはじまり、耳を傾ける人は多かったが、このバッシングをまともな「批判」と言えるだろうか？　気に食わない議員の過去のスキャンダルを掘り下げるマスコミのやり方は、国家にとって不可欠な改革を妨げていると理恵は思った。発足して半年も経たない新政権を打倒しようとするマスコミは、旧体制の回し者としか思えない。この国が健全な民主国家だったら、せめて四年から八年間、新体制の政治を見守る必要があると理恵は思った。

この国の人は本当に抜本的な改革を願っているのだろうか？　過去を遡っても自発的に実行した例はない。戦後や明治維新のときは、外圧と戦争のせいで変わることができたが、有権者は大不況で国の基盤がつぶれ、首都が災害で破壊されないと目が覚めないのか？

強くプロテストしようとしない国民にも責任があると理恵は思った。どの時代でも政治家は自分に立ち向かう者が少ないと、傲慢になり、お互いにずっと権力を維持できるよう同盟を組み、都合のいいように制度を変える。このような社会で一番苦しむのは貧困層と村八分にされた人であるのは言うまでもない。人生に疲れきった人は、生きていくことがやっとで、権力者に立ち向かう気力などほとんど残っていない。それなのに道ですれ違う人からは、「お前がそんなに落ちぶれたのは、自業自得だ。恥を知れ！」という目付きで見られる。さらにひどくなれば、貧困者の存在そのものが見えなくなってしまう。日本の警察もこの状況に協力していることを理恵は実感していた。彼らは景観や治安の名において、都会の隅々からホームレスを追い出そうとしている。

それから理恵は学長宛に、大学側がしっかり事実解明を行わず、一方的に「憩いの里」の言い分を受け入れたことや、サークルの不当な扱いに対して、抗議する手紙を書こうとしたが、皮肉な文句を省いて何度推敲しても、一晩寝て読み直すと、表現が強すぎることに気づき、ゴミ箱に捨ててしまった。

八

山下理恵のサークルを、うまいぐあいに始末できたので、石原は得意になっていた。幸い彼女との論争を誰も聞いていなかったので、彼女の言葉を誇張し、サークル活動を問題視させることは難しくなかった。「憩いの里」の責任者も、外部の者が勝手に出入りすることを好ましく思っていなかった。入居者の部屋から貴重品を盗んだり、寂しい老人の悩みにつけ込んで彼らを脅したりする可能性もあり、石原の忠告を機会に、許可のない外部者が侵入できないよう、入り口にガードマンを立たせて厳戒態勢を取ることにした。

石原は山下の大学に苦情の手紙を書いたとき、策略をめぐらせ、「いつも部屋から物を盗られてる」と訴えている脅迫概念の強い藤井直子というおばあさんに、証人になるよう暗示をかけた。藤井はかなりぼけていたので、石原の言うとおり、「山下理恵という先生は、ボランティアを装って私の部屋に入り、貴重なアクセサリーを盗んだ」と訴えた。大学側は事の是非はともかく、騒ぎが大きくなり、新聞に取り上げられるのを恐れていたので謝罪し、彼女を戒めた。

　石原がなぜこれほど執拗に山下のことにこだわるか彼自身分からなかったが、よく考えてみると、彼女の活動そのものが石原の考え方に直接対立するものだったからだと分かった。山下は単に仕事の邪魔をしているだけではなく、介護施設での石原の精神科医としての役割を問題化し、心理学の分野そのものの曖昧さを暴露しようとしていた。ただの口の達者な教授であれば、ここまで事を大きくする必要はなかったのだろう。彼女の行動は、石原の職務を根本から攻撃し、今まで石原が自信を持っていた「カウンセリング」のあり方に対して、深い疑念を植えつけた。

　そのため大学から、「サークルを解散させ、彼女には適当な処罰を与える」と聞いたとき、石原は少し気が楽になった。それでも彼女に対する苛立ちは抑えがたいものであった。彼女を追い払ってから、すでに数ヵ月が経っているというのに、石原は妙に落ち着かなかった。それは怒りと不安とが入り混じった、何とも後味の悪いものだった。「憩いの里」のスタッフは、みんな彼の味方についているように見え、心配することは何もないはずだった。それでも落ち着きを取り戻すことができなかった。

事実上何も気にすることはないと分かっていても、石原はときどき「憩いの里」のスタッフが、自分に冷たく振る舞っていると感じるようになった。週に一、二回の診察のときに、職員は以前のように礼儀正しく挨拶し、感謝の意を表したが、彼は看護師やヘルパーが、本当は何を考えているか気になっていた。当然ながら石原の入居者への対応に、異義を申し立てる者はなかったが、職員の振る舞いが、彼には他人行儀に思えた。

「憩いの里」では、相変わらず毎日投与されている抗鬱薬や抗精神病薬のおかげで、だるそうなおじいさんと眠そうなおばあさんがほとんどで、トラブルを起こすはずもなかった。しかし、以前平穏だと思っていた施設のその雰囲気が、石原はかなり異様であると感じるようになった。

今まで当たり前だったことが、妙に不自然に感じられた。そうなると石原は自分自身の今までを疑うようになってきた。施設の老人たちを診察する際、カルテに抗精神病薬の名前を記入するときに、万年筆を置いて、少し考えることがあった。患者の病状は変わっていないか？　本当にこの薬でなければならないのか？　副作用は生活の負担になっていないか？　もし可能であれば量を減らす必要はないのか？

以前の石原であれば、医師としての経験を確信し、抗鬱薬や抗精神病薬を飲むよう促した。それは彼の同僚もみな同じような薬を投与していて、当然のことだと思っていたからだ。石原は決められた方法論に則って診察していると自分で確信していた。それに多くの老人は、すでに気力を失っており、薬を飲んだかどうかさえ覚えていないほどぼけていたので、患者としての権利を主張できるはずがなかった。たまに山下の批判的な口調が石原の頭をよぎったが、彼女の顔を思い浮かべるだけで虫唾《むしず》が走り、彼は頑固に今までどおりのやり方で診察を行うことにした。

仕事はさておき、石原には家に帰れば守られた自分の世界があり、リラックスできるかと思ったら、そうでもなかった。妻は仕事の問題やトラブルにあまり関心を示さず、最近は彼よりも先に寝室に上がってパソコンをすることが多い。パソコン嫌いだった石原は、四十過ぎの女性にもネットは限りない誘惑と危険をもたらす可能性があることを理解していなかった。仕事で石原はネットを使って薬品に関するデータを検索したりしたが、重要な情報は研究会での発表を頼りにしていたので、パソコンにかじりつくことはなかった。彼自身の部屋には溢れるほどお気に入りの本が隅々に重なっていたので、夜になれば別世界に行くことができるはずだった。

どんな人でも五十を過ぎると人生を振り返るときが来る。会社などで毎日忙しく働いている人は、電車のプラットホームにいるときくらいしか、自分の思いにひたっている時間がないかもしれないが、幸い石原には夜部屋にこもる癖があったので、過去を見つめ直す時間はたっぷりあった。毎晩遅くまで本を読んで空想にふけっていられるのも、翌朝早く出勤しなくてもよかったからだ。

しかしいつも得意げな石原も、ここ数ヵ月は不眠症に悩まされていた。寝つきが悪く、朝まで体をできるだけじっとさせていたが、ゆっくり流れる時の中で、萬《よろず》の妄想が彼の頭の中に芽生えてくるのを抑えられなかった。

石原は患者に睡眠薬を飲むよう頻繁に勧めていたが、自分自身は決して飲まないと決めていた。その替わり、二、三時間寝ようとしても寝つけないときは、また電気をつけて小説を読む。しかし、最近は推理ものに自分を重ねるのが困難になっていた。犯人を捕まえるために必死になっている探偵の正義感が、石原には急に子供っぽく自己満足に思えた。以前彼が喜んで心理分析を行った変質犯罪者が、不思議と人間的で、誰にでもあてはまる気がした。そして、推理小説に登場する犯人の多くは周りから疎外され、孤独な時間が重なるうちに奇妙な妄想に振り回され、最終的には法律をやぶるはめになっていると思うようになった。

九

ある冷え込んだ晩、石原は文学名著案内に紹介されていたプルーストの『失われた時を求めて』の第一巻を読んでいた。最近の小説は年々軽くなり、アーバンライフの中に潜む虚無感を描いている作品が増えていた。こういった小説を、十九世紀後半から二十世紀前半のロシアやフランスの作家と比べると、信念や情熱に欠けていると石原は思った。表現の仕方が直接すぎて、読者が想像を膨らませる余地がないと感じた。ありとあらゆる余興にあふれている今日の作家に、洗練された文体を求めるほうがおかしいのかもしれない。

しかしプルーストの文章は難解だった。一つひとつの形容詞や副詞が宝石のように美しく繊細だったが、文章が長すぎ理解しにくかった。そして二百ページを過ぎても、話の流れが遅すぎて、石原には方向性がまったく見えなかった。とっつきにくいと感じた第一巻では、特にプロットのようなものがなく、ただマザコンの主人公を通して、幼いころの日常生活がデリケートな色彩で延々と描写されていた。

当然ながら石原はなかなか話の内容に集中できなかった。それでもこの作品が、不朽の最高傑作と称賛されていたので、自分に文学的センスがないのを認めきれず、石原は分からない文章を繰り返し読み直した。彼が半頁以上続く一つの文章を目で追っていると、一語一語の意味が頭に入らず、印刷された文字の形だけを観察しているような気分になり、しばらくすると、白いページの上をほこりのような黒い点が踊っているのに気づいた。最初は小さな虫が目に入ったと思ったが、いつまで経っても黒い点は文字の周りを蠢《うごめ》いている。かなりうっとおしくなったので、石原は本を閉じて洗面所に行き、冷たい水で顔を洗い目薬をさし、五分ほど目を休めた。

少しはリフレッシュできた気がしたが、またプルーストを読みはじめると、黒い点がやはり彼の目の中であざ笑っているようだった。上から下に文章を追っていくにつれて、しつこくついてくる。一瞬本を置いて白い壁を見上げると、奇妙な点が両目の中を動き回っているのが分かる。

「疲れのせいだ」と自分に言いきかせ、プルーストをまた手に取った。

しかしプルーストの磨かれた名文を読んでいても、「朝になっても消えていなかったらどうしよう」と、彼は黒い点のことを考えずにはいられなかった。

それから一時間読み続けたが、黒い虫のようなほこりが目の中で跳び回って、話が頭に入らなかった。冷静になってその物質をじっくり観察してみると、不気味な黒い点は虱《しらみ》のようにとげとげしく、小さな足が生えているようだった。その真相を明かそうとしても、石原にしか見えないものなので、ほかの病気のように写真を撮って拡大することができない。

結局石原は朝まで眠ることができず、仕事を休んで近くの総合病院の眼科へ飛んでいった。待合室で「白内障なのか、緑内障なのか」と不安になっていた。いくつもの検査を行った後で、眼科医は、よくある現象なので、心配することはないと保証してくれた。もし黒い点の数が急に増えたり、目の中で光るものが現れるときは、深刻な状態だが、そんなことが起こらない限り、遮光レンズの入った眼鏡をかければましになると勧められた。

石原は内心ほっとしたが、帰り道に枯葉を蹴りながら逆に「大した問題ではない」と言われたことが気に食わなかった。もし医者が言うように以前から黒い点が飛び回っていたのだったら、どうして今まで気づかなかったのだろう?

とにかく少しずつ物事に対する意識の仕方が変わってきている。石原は以前のようにクールになりたかったので、仕事に行っても以前とまったく同じように診察をしようとした。

石原は今さらマニュアルを捨てて何が正しいかを考え直すほど視野の広い人間ではないのかもしれない。いずれにせよ、患者は彼の精神科医としての立場を信頼して、誰にも言わないことを打ち明け、アドバイスを求めてくる。石原は彼らの症状を分析し、単純な思考パターンに従って行動するように勧めたり、抗精神病薬を投与したりしていたが、彼は自分の資格が「占い師」とさほど変わらないように思えてくることがあった。

十

石原は今までに味わったことのない、焦りと屈辱感を味わっていた。目の中に潜む黒い物質に煩わされないよう、ありとあらゆる書籍を読みあさった。寝室には、図書館で手当たりしだいに借りてきた本が山積みになっていた。軽い人生相談書から、以前であれば絶対に手に取らないような哲学や人類学に関する本にまでかじりついて、朝までの眠れない時間を埋め合わせようとした。

そして一ヵ月が過ぎても、彼は依然として黒い点に煩わされていた。「この黒い小悪魔の存在が少しでも薄れる方法はないか」と遮光レンズの眼鏡をかけはじめたが、仕事中はサングラスをかけるわけにはいかなかったので、石原は患者と話している間はずっと黒い点が気になって集中できなかった。ときどき看護師に、「白内障の気がある」と言ってサングラスをかけさせてもらおうと思ったが、違和感を覚えて患者が減ると思うと彼にはそれができなかった。石原はずっと神経をとがらせて仕事をしていたので、当然ながらストレスが溜まり、夕方にはくたくただった。

勤務を終え、書類を整理してケアーハウスを離れると、石原はサングラスをかけて大急ぎで帰宅した。家に入ると、子供のように部屋に駆け込み、カーテンを閉め、照明を消した。やっとの思いで、安心できる空間にたどりついたが、三十分もすると夕食の時間になり、明るい部屋へ戻らなければならないと考えただけで、落ち着かなかった。

妻の亜由美も夫の変化に気づいていないはずがなかった。二十年以上、必ず帰宅後はリビングルームで、ごろごろしているのが当たり前の石原が、急に無口になり、部屋にこもるようになった。サングラスをかけたまま食事を取る奇妙な夫の行動を見て、妻は夫がわけの分からない心理テストをしているのか、ふざけた演技をしているのだろうと思い、夕食のとき以外は相手にしなかった。

それまで患者の変な癖や心配事を気軽にしゃべってきた石原は、自分の悩みが大げさだと笑われるのを恐れ、妻にうちあけることができなかった。そして今まであまりにも読書を悩みの解決策にしていたので、彼は自分をうまくごまかしきれず、みっともない姿を妻にさらけ出していた。

いつまで経っても症状がよくならないので、石原は別の眼科に行き、複数の検査をしてもらった。結果は前の医者が言ったとおり、よくある現象で、「脳が勝手に処理してくれる」と言われ、「どうしても耐えられなかったら、精神科で見てもらったらどうだ」と言われてしまった。

内心腹が立ったが、石原は何も言わずに眼科医の説明をノートに書き込んだ。それから彼はもう一度黒い点とうまく付き合えるよう試みた。あれこれ試したあげく、眼科医のアドバイスに従って、帰宅後は読書の代わりに、目を閉じてラジオを聴いてみることにした。真っ暗な部屋で聞くAMラジオは、話題も豊富で、「これならいける」と彼は思った。

ラジオのおかげで、大分石原の気は和らいだが、二週間くらい経つと、脳が無意識に新たな不安を求めているように感じられた。黒い点はサングラスをかけたり、部屋を暗くしたりすることで薄くはなったが、完全には消えることはなかった。それどころかもっと深いところに宿ったようで、ますます追い払うことができなくなっていった。

＊　＊　＊

石原がこのようにたわいもないことを思い悩んでいる間、理恵の大学では新学期がはじまっていた。そんな慌しい四月の下旬に、理恵はメールボックスに溜まっていた書類を取りに行った。研究室に戻り、期限を過ぎた提出物などの書類に捺印や細事を記入していると、陽一からの手紙が目に入ったので、急いで封を切った。

大変ご無沙汰しております。先日はせっかく先生と久し振りにお会いできたのに、失礼な態度をとってしまい申し訳ございませんでした。本当のことを申し上げてよろしいですか？

数ヵ月前にサークルの皆は学長に呼び出されました。長時間に渡って説教された後、「先生と一切交流してはいけない」と忠告され、私は奨学金を貰えなくなりました。不公平だと思いましたが、気持ちの整理ができないまま、先生に話しに行くタイミングを失ってしまいました。長い間やりきれない気持ちになっていたせいか、先生と偶然外でお会いした始業式の日に、何から話していいか分からず、まともに挨拶もできませんでした。お許しください。先生にこれほどお世話になりながら、大学のつまらない忠告に従った自分を恥ずかしく思います。

さらに心残りなのは、佐藤さんに会えなくなってしまったことです。「憩いの里」宛に手紙を何通も送ったのですが、返事がありません。世の中には優れた団体もたくさんあると聞いていますが、他人の喜びや悩みは組織には共有できません。これからはゆっくり時間をかけて、周りの人と日々の何気ない出会いを大切にしていきたいと思います。またゆっくりお話しさせて頂きたく思います。

杉田陽一

読み終えると、理恵はほっとした表情で同封してあった新聞記事に目を通した。切り抜きの真ん中には、フランス語で書かれた看板を持った男女数十名がデモをしている写真があった。記事の第一段落を読んで理恵は驚いた。一年前、公園でテントを張って寝泊まりしていたホームレスが公園を現住所とする転居届けを提出したことに対して、大阪高裁がそれを認めなかった判決を、サークルの学生と議論したことがあった。日本のような経済大国でも住民登録ができていないと、ほとんどの公的や私的なサービスが受けられないことを知って、陽一が驚いていたのを理恵は思い出した。定まった住所がないから、ホームレスは日雇いの仕事を探すことが多い。この現状を海外のメディアに知ってもらうため、理恵は関連する記事を切り抜いて、いくつかの言語に訳し、さまざまな新聞社に送るのを陽一に手伝ってもらったのだった。

でもまさかこのことが、フランスで騒ぎを呼び起こすとは予想していなかった。パリのデモは、日本のホームレス自立支援法の矛盾を追及するばかりではなく、人権的な視点から、政府の貧困層に対する政策が発展国の最低基準をも満たしていないことを強く訴えるものだった。五十代のある参加者は、「ホームレスの差別や苦しみは、世界中のどの国でも同じだ」と強調し、住宅確保や生活に必要な最低限のサービスを提供する法律の設立を求めた。

フランスの人権団体が日本のホームレスの現状について抗議したのが理恵には信じられなかった。

「自分の国の社会問題を解決してからものを言え」

と怒る人はもちろんいるだろうが、人権団体はこのほかにも企業が押しつけている過労の現状や、児童ポルノの氾濫、そして拘置所における拘留者の非人間的扱いなど、広い範囲の問題を世界に向けてプロテストしている。

理恵はもしかするとこのようなデモが、逆に政府の強い反発を起こすかもしれないと思った。しかし格差が広がっていく時代において、国家や地方レベルの福祉政策が世界のメディアの厳しい視線を浴びていることは否定できなかった。

＊＊＊

石原自身、患者を通してさまざまな社会問題にかかわってきた。今までは、彼の作り上げた空想の壁のおかげで、患者の悩みは、異常心理を持つ者の問題で、自分には当てはまらないと確信できた。ところが黒い点が出現してからは、そう簡単にかたづけられなくなってしまった。

黒い悪魔はいつでも彼につきまとい、生命力を吸い取る。この奇妙な症状との付き合いから生まれるものは、不安と恐怖感だけだった。彼につきまとう呪いを解くには、腹をわって誰かと話すことが一番なのだろう。しかし今までずっと虚勢を張ってきた石原は、妻の前でさえ強がることができなかった。

真っ暗な寝室を心地よく感じる人はいるが、石原は目の中の蛆虫が常に気になり、何も見えない空間が逆に想像力をかきたて、不安をつのらせる。そしてしまいには、まぶたを閉じた状態でも、黒い点が目の中を踊り回り、嗤《わら》っているように思えてきた。そういうときには、急に昼間聞いた患者の悩みが彼の脳裏に蘇る。会社でいらいらして、椅子にじっと座ることができなくなったサラリーマン。頭を壁にぶつけて脳障害を起こすことを恐れる主婦など、恐怖性はさまざまだが、じっくり考えてみると、確かに恐ろしい。どれも極度の社会的ストレスが起こす現象だが、自分に乗り移らないという保証はない。

今までは、患者が奇妙な恐怖症を説明してくれたら、それが何を象徴しているのか石原には考える余裕があった。だが彼が冷静に分析できた理由は、患者の悩みを「弱い人間の妄想」として距離を置くことができたからだった。彼らと同じようにつぶれないとは限らない。その可能性こそがすべてを破壊する。苦しみもがいている人を、冷ややかな視線で見ているのは、石原だけではない。金とコネで守られてきた政治家、大した専門知識のない天下り官僚、潔癖性で偽善的な中年マダム、すべてを超越しているかのように振る舞う評論家。連想しはじめるときりがない。

本当にばかげていると思っていた患者の恐怖症は、そんな愚かなものなのか？　もしかすると、彼らは石原が考えていたよりも繊細で純粋だからこそ、多くのことに疑問を抱いてしまうのかもしれない。その破滅的な疑念こそが、彼の単純な行動までも難しくしてしまう。石原はどうして今まで自分が強い人間だと思い込んでいたのか、分からなくなっていた。

「石原家の人はそんなことはしません」

そう母に聞いて育った石原が、そんなに石原家が他人より道徳的に優れていると今は思えない。仮にそうだったとしても、それはたまたま社会の風や醜いものから守られてきただけかもしれない。失業、離婚、虐待、貧困、自殺などを身近に経験したことがない人に、酒におぼれ、ギャンブルに走り、不謹慎な行動を取る人を批判する権利はあるのだろうか？　ようやく今になって、石原は人を見下す目線がどんな慎みのない行動より醜いことに気づいたが、もう手遅れだった。

ジョナサン・オーガスティン
(Jonathan Augustine)

カリフォルニア生まれ、京都在住。
米・プリンストン大学東洋史専攻。2001年に博士号を取得。大学のボランティアサークルで顧問を務める傍ら、絵本、小説などを執筆。
著書に『仙人之谷』（三民書局）、*Buddhist Hagiography in Early Japan* (RoutledgeCurzon) など。

辛《から》口《くち》女《おんな》

二〇一〇年七月一二日　第一刷発行

定価はカバーに表示してあります

著　者　ジョナサン・オーガスティン
発行者　平谷茂政
発行所　東洋出版株式会社
〒112-0014　東京都文京区関口1-23-6
電話　03-5261-1004（代）
振替　00110-2-175030
http://www.toyo-shuppan.com/
印　刷　モリモト印刷株式会社
製　本　岩渕紙工所

 ISBN978-4-8096-7622-2